Hayallerimden sarkan bir geminin
yolculuğuna uzanıyor benim hikâyem.

Taşını toprağını sevdiğim, dört duvarına
geleceğimi kazıdığım, kapısını hanem bellediğim
bir yolculuktan geliyor benim hikâyem.

Hayal/hanem'den...

Hayykitap - 397
Edebiyat - 35

Uzun Lafın Kısası Hayırlısı
Onur Kaplan

Kapak Tasarımı: Ahmet Öztürk / www.ahmetozturk.web.tr
Sayfa Tasarımı: Turgut Kasay

ISBN: 978-975-2477-06-3

1. Baskı: 10.250 adet, İstanbul, Nisan 2017
4. Baskı: 3000 adet, İstanbul, Ağustos 2017

Baskı: Yıkılmazlar Basım Yay.
Prom. ve Kağıt San. Tic. Ltd. Şti.
Evren Mah. Gülbahar Cad. No: 62/C
Güneşli - İstanbul
Sertifika No: 11965
Tel: 0212 630 64 73

Hayykitap
Zeytinoğlu Cad. Şehit Erdoğan İban Sk.
No: 36 Akatlar, Beşiktaş 34335 İstanbul
Tel: 0212 352 00 50 Faks: 0212 352 00 51
info@hayykitap.com
www.hayykitap.com
facebook.com/hayykitap
twitter.com/hayykitap
Sertifika No: 12408

Onur Kaplan

Uzun Lafın Kısası
Hayırlısı

...../...../..........

Onur Kaplan

Mersin'de açtığım gözlerimi hayat sergüzeşti tenhalarında nerede duvara çarpacağımı bilmeden devam ettiren bir yolculuktu benimkisi. Ekonomi bölümü okumak için gittiğim Ukrayna'da, yıllar sonra asıl ekonomiyi damarlarıma kadar işlemiş dünya kokusunu silmek için bedenime Risale-i Nur dağıtımı ve tüketimi için kullanacağımdan bihaberdim.

Hemen hemen herkesin üniversite okuma niyeti ile çıktığı bu yolda fani kokusu sinen her şey artık ruhumun kanallarını tıkamaya başlamıştı. Sancılar arasında dünya kokmaya dem tutmuş ruhumu da alıp gözlerimin dünyayı ilk gördüğü yere; Mersin'e döndüm. Şimdilerde dünyada bana cennet bahçesi olan bir yuvada eşim ve şeker şerbet bir çocuğa da babayım. Allah kader planımın en korunaklı sahnelerini yaşamam için toz tutmuş ayaklarımı Hayalhanem'e, omuz omuza haramlardan kaçan güzel yüreklere çıkardı. Ben de şer sandığım şeylerde Allah'ın var ettiği hayra mest olarak tozlarımı sildim.

Dünyanın şaşalı boyasından henüz kendini sıyıramamış diğer insanları gördükçe artan yürek yangınım benliğimi koparak Hayal ile sencilik yoluna çıktı. Bir kişiye daha nasıl ulaşabilirim dertleri her gece sabahlara kavuşurken şimdi kütüphanenize misafir olmaya geldim. Sizi de Hayalhanem'e bekleriz ancak biz orada pek misafir sevmiyoruz, evinize hoş geldiniz diye karşılarsak şaşırmayın:)

Uçurumun kenarında da olsan...
Var'sın ol'sun, hayırlısı olsun!

Önsöz niyetine, hayırlısı dediğimizde...

Bazen yaşamak için değil, ölemediğimiz için yaşadığımızı düşünüyorum. Zikirde bunu dile getirmeyi kendimize yediremesek de gün içindeki yapacaklar listemiz bunu haykırıyor bu âleme. Hayatımızda ancak kırıntı olabilecek meseleleri, ölümün olduğu bir dünyada sanki ölümden daha mühim bir şey olabilirmiş gibi önemsiyoruz.

Zaman geliyor, "Hayırlısı" kelimesini, belki üzerine düşsek hayatımızı değiştirecek kadar ciddi bir meseleyi geçiştirmek için kullanıyoruz.

Tıpkı "Eyvallah" gibi derin bir sırrı ancak bir şeyleri geçiştirmek için kullanıyoruz. Ama artık çok daha fazla şey anlatacaksınız her "Hayırlısı" dediğinizde.

Artık benim bir davam var diyeceksiniz her "Hayırlısı" dediğinizde.

Kestirip atmayı değil hakikati aramayı isteyeceksiniz her "Hayırlısı" dediğinizde.

Kimse görmese de duymasa da O'nun gördüğünü, O'nun

duyduğunu hissedeceksiniz her "Hayırlısı" dediğinizde.

İnsanın, ancak davasının büyüklüğü kadar olabileceğini anlayacaksınız her "Hayırlısı" dediğinizde.

Gözünüzden akan yaşları kazağınızın koluyla değil, dilinizdeki tek bir kelime ile sileceksiniz her "Hayırlısı" dediğinizde.

Dünya için değil, Allah'ın rızası için yaşadığınızı anlayacaklar her "Hayırlısı" dediğinizde.

Gece dertsizler uyuduğunda, derdinize sımsıkı sarılıp kulağına fısıldadığınız son kelime olacak "Hayırlısı" ve artık bu kelimeyi geçiştirmek için değil, davanızı anlatmak için kullanacaksınız. Hayırlısı kardeşlerim. Hayırlısı...

Hikmet Anıl Öztekin

Al şu mısraı cebine koy diyorum,
yüreğin yanıktır bir yerlerde lazım olur.

Ömrümün Çeyrek Ortasında Bir Yaş

Asırlardır ayak basmışlar bu topraklara ama gam yüklü o kahve-i zümrüt sarmış bütün ayak izlerini, saklamış. Kimsenin ne adımından haber vermiş ne geçenden ne de gelecek olandan. Hani demişler ya, bir avuç altının olacağına bir avuç toprağın olsun diye, tam da öyle. Gökten bir rahmet iner de o içine çeker de çeker... Çok bunalmış da nefes alıyor gibi. İçin ağırdır, kaldıramazsın hani, ciğerlerini patlatacak kadar off'larla dolmuştur ama sen sesini dahi çıkartamazsın. Açarsın pencereyi, içine dolar oksijen, çekersin, çekersin, yine çekersin... Öyleydi belli ki toprağında hayat saydığı rahmet tanelerini iliklerine kadar çekmesi. Ne püskürtürdü bir damlasını ne de tam yutardı. Beklerdi, zamanı gelince filiz verecek tohumlarına. Sarardı sarmalardı. Bu yüzden miydi ölümün toprak kokusu, bu yüzden miydi rahmet tanelerinden sonra yeryüzünü kaplayan o kahve-i zümrüt kokusu?

Günlerdir beynimi kemirdim durdum. Ne halim kalmıştı artık ne de yaşamaya atacak bir adımım. Uzaktan bakınca "ne de gençsin" diyorlardı, ihtiyar olan içim miydi? İlla saçlarımın bembeyaz mı olması gerekti, hem ahir zamanda beyaz saçlar, gri saçlar artık gençliğin modasıydı. Ne ilginç... Ömrün son demlerinde varlığını gösteren, "artık ben de toparlanıyorum, sen de ölüm valizini hazırla" diyen o beyaz saçlar bile gençliğin kuaför modası oluvermişti. Ne demek istiyorlardı acaba? Ölüm her yaşta hak, sıra bizde de olabilir ya da ahir zaman bu zaman, dünyanın cılkı çıktı, kıyamete adım adım gidiyoruz mu diyorlardı?

Masamda duran kalemlerden bir ev boyadım kendime. Olabildiğince renksiz. Olabildiğince solgun. Öyle huzur veriyor ki şimdi bana bahçeme açılan kapıda bir çay molası. Renk renk çiçekler var dört bir yanımda, evin solgunluğuna inat haykırıyor güzelliklerini. Solgun yanım dünya gibi. O bel bağlamaktan ne yapsam vazgeçemediğim, ne yapsam içimden kovamadığım yüzsüz dünya gibi. Yanında küçük bir elma ağacı var. Küçük dediysem, henüz tohum ama yakında filizlenmesini seyredeceğim için pek bir heyecanlıyım. Söylesene küçük elmacık, seni sarıp sarmalayan bir toprak içinde olmak nasıl bir duygu? Her gün şükrediyor musun mesela bu solgun, renksiz evlerden uzağım, dışarda doya doya nefes alıyorum diye. Belki de benden şikâyetçisindir, sen bana böylesine güzel bir manzara vaat ederken benim sana dünya ucubesinden bir ev manzarası boyadığım için. Sen yine de büyü, olur mu elmacık, sen yine de büyü.

Küçücük bir bahçe içerisindeyim, ucu bucağı sığmayan içime. Bembeyaz çitleri var, masmavi bir gökyüzü altında. Öyle beyaz ki, bulutlardan bir tutam serpiştirilmiş gibi. Bir zil astım o köşeye, tam da o yamaca gelirken kapımı çalsın da buyur edeyim diye. Belki aramazdı, belki haber vermezdi ama gelince bileyim istedim. Biraz üzerimi başımı toplardım, tozumu silerdim, belki biraz daha aynaya bakardım. Bu düşünceler arasında kaynar dururken, ortalardan bir tohumcuk daha merhaba diyor; önce dünyaya, sonra bana. Hoş geldin küçük yeşil hayat arkadaşım, hoş geldin! Nasıl narin ve zarifsin. Belli ki yorgunsun, toprakları o incecik halinle deldin de geçtin. Sana küçük yeşil hayat arkadaşım dedim ama seni sulamayı unuttuğum günlerde bana kızma olur mu? Bu sabah kahvaltı yapmayı da unuttum bak mesela. Ama sen sakın telaş etme, seni Var Eden suyunu hiç eksik etmiyor zaten. Sen sakın telaş etme, sana bu narin halinle toprağı deldiren, sen kana kana iç diye bulutları veriyor emrine, rüzgârı veriyor emrine. Ah dünyam, küçük, dar ve sıkıcı dünyam. Boğulmalarını atsan şu köşelere, bir tohumcuk denizinde rahmet taneleriyle nefes alsan sen de, dönsen gelsen ruhuma, kavuşsan da tam olabilsem ya artık...

Bir bulut yağdı yeryüzüne, gözümden bir damla yaş düştü. Harmanlansın da bir tohumda filiz olup göz kırpsın diye. Seslendi dağlar oradan binlerce tohumunu kucaklayıp, turuncu topraklarını selamladı içimin hasretliklerinde. Masanın üzerindeki bir bardak sütün sahibi de geldi artık. Usulca okşadım başını, sütünü verdim. Minik elmacığa selam verip hızlıca odama koştum. Saat umarsızca takip ederken gün yarısını, çok geç kalmıştım. Ah telaşlar, insanı nasıl da strese sokuyor. Hangi renk daha çok yakışıyordu bana? Siyah, lacivert, kırmızı? Hayır, bunu daha geçen gün giymiştim, hah, evet, beyaz giyeyim, gözlerimin rengi de ortaya çıksın. Odamın camından elmacık beni izlerken sabah yatağın üzerine fırlattığım saatimi de alıp çıkıyorum evden. Koşar adımlarla yetişmeye çalıştıkça nefesim kesiliyor. Biraz oturup dinlensem diyorum, gözüm saate çarpıyor, hadi diyorum, ama daha fazla yol alamıyorum. Sıradan çinko pil gibi mola veriyorum olduğum yerde. Derin bir nefes, derin bir nefes daha derken, kulakları çınlasın toprağın, diyorum. O sularını depolayıp gerektiği yerde kullanırken ben bir nefese söz geçiremiyorum.

Nihayet hastane kapısında buluyorum kendimi. Dilimde hastane önü incir ağacı mırıltılarıyla adım atıyorum. Havası bile insanı hasta eder buraların. Koşa koşa geldiğim dar yollarda, geç kaldım diye diye telaşlarımı kazıdığım kaldırım taşları beni koşturmuş olmalı ki dakik bir adımla odanın kapısında ismimi görüyorum. Sıra bende, hey elmacık, hemen çıkıp yanına geleceğim, sana yolda gördüğüm bir minik kuştan bahsedeceğim. Koşarken ömrüme düşmek istedi herhalde. Kuş kadar beynin yok derler ya hani, görselerdi o kuş kalbini, utanmayı da seçerler miydi? Annelik aynıymış demek her bir canlıda. Belli ki yumurtasından yeni çıkan yavrusuna bir o çatı bir bu çatı diye diye yiyecek bir şeyler arıyordu. Öyle de güzel bir yuva yapmış ki hem de "kuş kadar beyniyle"! Biliyor musun elmacık, bizim evimiz gibi renksiz, solgun ama sıcacık. Şimdi düşünüyorum da, bana manzaran için kızmıyorsundur, en azından artık kızmıyorsundur. Sahte boyalarıyla süslenmiş, vakti gelince de akıp gidecek bir hayal ürünü değilmiş bizimkisi, o ağacın tepesindeki kuş yuvasını görünce daha çok sindirdim içime. Bir gün biri çıkar da acımasızca sapanla vurur muydu o küçük kalbi? Kıyar mıydı o kuş yüreğine? Bir dakika, ne dedi o doktor? Nasıl yani, olabilir mi bu? Tamam, olabilir ama benim başıma gelebilir mi? Hadi geldi, sonucu, sonucu bu olabilir mi? Tabii ne olacaktı, başka bir gün elbet, elbet öyle olacaktı ama şimdi, yani aniden gerçek olabilir miydi bu? Pardon diyorum, pardon emin misiniz, siz ne dediğinizin farkında mısınız? Benim büyütmem gereken bir elmacık ağacım var, merhaba diyecek tohumlarım var. Henüz yolunu gözlemediğim bir eşim olacaktı, bu olabilir mi? Benim bir ailem var ama benim benim... görmediğim günlerim var. Şimdi siz bana kansersin mi diyorsunuz? Neyin kanseri bu? Neyin seri bu? Siz diplomayı nereden aldınız pazarda mı satılıyor bu kâğıt parçası!

Düşmüşüm, üstüm başım çamur olmuş gibi bir rahatsızlık içinde atıyorum kendimi dışarı. Arkama bile bakmadan gidiyorum oradan, o yerden, o semtten. Bir daha dönmemeye ant içmişçesine kaçıyorum. Yürüyebildiğim kadar yürümek istiyorum. Ayaklarım ne kadar ağır geliyor yol boyu, sanki ben onları taşıyorum, ben onların yükünü çekiyorum. Her bir organım deli gibi kalbimin üzerinde tepiniyor, isyan bayraklarını çekmişler gibi, çatalını kaşığını masalara vura vura susuyorlar gibi. Bir dakika ya kanser mi dedi o? Daha neler, ben kansermişim, peh, güleyim. Bediüzzaman Said Nursi'nin sözleri çınlıyor kulaklarımda; *"Bak zaman-ı mâzi, senin gibi geçmiş olanlara geniş bir kabir olduğu gibi, istikbal zamanı da geniş bir mezaristan olacaktır. Bugün sen iki kabrin arasındasın; artık sen bilirsin..."* Kaç gün olmuştu bahçeye o güzelim zili takalı? Hani haber verecekti, hani çalardı, hani aniden gelmezdi... Öyle düşünmüştüm hani, şöyle bir üzerimi başımı silecektim hani, aniden karşılamayacaktım hani, öyle demiştim. Aniden mi gelirdi hep, aniden mi dikilirdi karşına? İzin almayı sevmiyor galiba. Benim hayatım için gelirken nasıl sormazsın ki, benim çektiğim nefes sayısına nasıl o zile dokunmadan göz dikersin ki? Hep başkalarının başına gelirdi ya hani, hayır hayır az önceyi unut, yok öyle bir şey, o zil orada duruyor ve çalınmadı, sen şimdi kalkıp kendine bir çay demleyeceksin, yanına da en sevdiğin kurabiyelerden alacaksın. Geçeceksin bahçenin başına, elmacığa o kuş yürekten bahsedeceksin, tohumcuğun hatırını soracaksın. Sonra belki biraz uyur, dinlenirsin.

Gözlerimi açıyorum, saat gecenin bir yarısı. İçim ısrarla uyumak isterken gözlerim çoktan tavana dikilmiş bir şeyleri hazmetmeye çalışıyor gibi. Ne kadar çabalarsam çabalıyayım unutamıyorum o kelimeyi. Dilimin kuruduğunu hissettiriyor bir anlık öksürük. Kalkıp bir bardak su almaktansa durup düşünüyorum, şimdi ben de kana kana içsem o sudan toprak gibi diyorum hem de en sevdiğim puantiyeli bardağımda dolu dolu içsem, bana da yeniden hayat olur mu? Bir pencere bile yetmiyor dolu dolu nefes almama, üzerime battaniyemi alıyorum, çıkıyorum dışarı. Kuruluyorum salıncağa, biraz avunma telaşlarında. Döne döne sona eren dünyada ah etsem de düşüyor saatler hazinemden, etmesem de. Büyüye büyüye tükendiğim gibi. Dönüp bakıyorum küçük dostuma, elmacığa, görebilecek miyim senin ilk filizlerini demeden yaşlar tıkanıyor kalıyor boğazımda. Nereden çıkmıştı aniden her şey? Neden hemen aklımda belirivermişti o dört harf. Hem nereden biliyordum ki, toplamalıydım kendimi, kaçıncı yüzyıldaydık, bunun tedavisi vardı, bunun çabası vardı. Ne o, hemen karalar bağlamıştım. Ama ya öyle olmazsa, ya ben geldim deyip dikilirse karşıma? Neden korkuyordum, dünyayı bırakıp gitmekten mi? Küçük dostum elmanın büyüyebildiğini görememekten mi? Ailem olmadan bir başıma kalmaktan mı? Hayır, hiçbiri değil. Ben bu yolculukta kendime neyi azık yapmıştım ki yol boyu bana yoldaş olacaktı? Sahi, yol boyu ne elimden tutacaktı? Dönüşü yoktu ki bunun, bir daha gelişi yoktu ki. Daha çok nefes almak istiyorum, daha çok ciğerlerime çekiyorum, çekiyorum, depolamak istiyorum. Bu yola davet edecek misafirim geldiğinde, "Hayır dur! Benim depomda daha bu kadar nefesim var" demek istiyorum. Ne kadar nefes alırsam alayım o da kayıyor gidiyor dudaklarımın arasından. İki kabir arasında başımı dostum elmacığa çevirmeye korkuyorum, dalından bir elma koparamayacağım günlerden korkuyorum.

Ah toprak! Bu kadar yıllık dostluğumuz vardı seninle, ne çok özenirdim sana. Saklarsın her şeyi derdim, yutarsın, bir avuç toprağına ne dizeler dizmiştim. Şimdi beni de mi saklayacaksın? Bu dünyada bütün dostluklar böyleydi değil mi, kabir kapısına kadardı her şey. Sonrası tek kişilik bir kabirde tek kişilik bir hayat. Başıma neler gelecekti? Çok mu karanlıktı, çok mu sessizdi? Ya sen elmacık, mutlu musun aynı yerden bakacağımız için dünyaya? Ne garip şeymiş şu hayat elmacık, çıksam üzerine tepinsem, ezsem, kırsam, döksem hiçbir şey yapamazsın. Ama gün gelip de ben geçtiğimde o toprak altına, üzerimde bitecek olan sen ve sizlersiniz. Haklısın elmacık, ölüm bir yok oluş değil. Koca kâinatın koca nimetleri sadece bu dünyaya özgü olamaz, zaten olursa da hak bir adalet olmazdı. Herkes ekmeğin en güzel yerini yiyemiyordu ki, nasıl olacaktı yoksa ahiret olmasa. Biliyorum, gideceğim yer de Rabbimin, ancak pek bir korkuyorum. Sen de korkuyor musun şimdi, yani toprağın altında, karanlıkta? Benim mekân değiştirmem toprağın üzerinden altına geçiş olacakken senin ise tam tersi, ne tuhaf! Evet, aslında çok ilginç. Sen şu anda da varsın, toprağın altında bir hayatın var ve o kahve-i zümrüdü delip geçince, dünyaya merhaba deyince aslında ölmüş olacaksın. Bu nasıl ölüm; büyüyecek, meyve vereceksin, oksijen üreteceksin, varlığına hâlâ hizmet edeceksin, bu nasıl ölüm? Ben senin o toprak altından heyecanla çıkmanı öl diye mi bekliyorum yani? Peki ya sen tomurcuk, geçen gün huzurla selam verdiğin yerden kabrinden neşe ile fışkırışların bunun için miydi? Allah'ım... Allah'ım ben Sana gelmekten korkuyorum. Ben bir elma kadar cesaretli değilim, teçhizatlarıma onun kadar uyamıyorum. Allah'ım, sanırım ben korkuyorum. Nasıl yapmalıyım, nereden başlamalıyım ahireti anlamaya? Bir ses çıksa şuradan, fısıldasa bir şeyler, otursa, saatlerce anlatsa, zilim çalmadan dinlesem ben de. Gözüm dalıyor uzak bahçelere, sonbaharını hatırlıyorum, sonra tekrar baharını. Nasıl bunca zaman görememiştim bu dirilmeyi? Her bir sonbaharda ağaçlar bir bir dökerken yapraklarını, sararır iken çimenler nasıl da baharla hayat doluyorlardı. Cennet gibi değil mi Allah'ım? Dünyada döktüğümüz yapraklara binaen doğacak cennet günleri. Öyleydi değil mi? Yüreğimden bir atış ağzıma geliyor sanki, dur diyorum, arama uzak bahçelerde bir ses soluk, arama, bak gözünün önüne bak önce. Gör ve dinle, kendi bahçende sana çok şey fısıldayacak hayatlar var. Böyle mi olmuştu, hep uzaklarda mı aramıştım, hep uzaklarda mı yaşanır ölümler sanmıştım? Söylesene elmacık, zor oluyor mu çıkıp gelirken o topraktan bıraktığın diyarlar? Arkanda, aklında kalıyor mu? Hasret duyuyor musun? Dönüp şöyle bir bakıyorum solgun evime, artık gözüme daha da solgun geliyor. Ellesen yıkılacak gibi. Kim arar bu harabeyi, hem kim özler ki, diyorum. Hayır, harabe olan evim değil, dünyam. Yalancı baharlarına kandığım, döner ama durmaz sandığım dünyam. Şimdi anlıyorum... Sen'i en çok düştüğüm yerlerde bulmuşum Ya Rab!

Geçmeye gelmiştim bu yollardan, bile bile ama inanmak istememecesine. Dünyanın ortasına çivi de çaksam, bir kavanozda turşusunu da kursam gidecektim. Ben zaten bu diyarlarda çok hırpalanmıştım, huzurlu bir diyarın hayaliyle son demlerime tutunmuştum. Söylesene elmacık, neresi olacak benim evim? Bir bahçem olacak mı orada da? Hak ettin mi diyorsun değil mi? Evet, hak etmedim! Yok mu bu ölüme bir çare? Yok mu erteleme imkânı, yok mu ondan kaçmanın bir yol sapağı? Nereye kaçacaktım, bütün yollar Allah'ın idi, ölüm de O'nundu. Kıskıvrak yakalanacaktım. Sahi ecel gerçekten bir miydi?

Gözlerim yaşlarına tuz sürmekten bitap düşmüşken, düşünceler içime sığmazken, bir anda gelen ses ile irkiliyorum. İrkilmenin verdiği tepkime ile şuurum açılıyor. Allahu Ekber diye gün dönüyor. Ne çabuk geçmişti bunca zaman, saat kaçtı, sabah ezanı kaçta okunuyordu ki? Ben saatlerdir şuracıkta kendimi uyandıramamışken minarelerden uzanan bir ses vardı herkesi uyandırmaya yeten. Sesin sahibi "Uyan/ın" emrini veriyordu. Kuşlar uyanıyordu, bitkiler uyanıyordu, karıncalar bile uyanıyordu ama insanlar... İnsanların bir kısmı hâlâ gaflet yorganına sarılmış kulaklarını tıkıyordu. Gökten bir damla düşüyor saçlarıma, adım adım hızlanıyor. Rahmet yağıyor, rahmet! Ey toprak, uyandın mı sen de, sabah kahvaltın geliyor. Belki de bu sefer benim için yağıyordur, ne dersin elmacık? Rabbim, öyle kirlisin ki, öyle kötü dünya kokuyorsun ki, ne bir abdest alma eylemin var ne bir tövbe demiş, belki de beni temizlemek için yağ emrini vermiş olabilir mi? Ansızın değişiyor gözümde her bir damla, belki diyorum sondur ha, birbirimize dokunuşlarımız. Tenimde ince ince gezişlerin, yanaklarımdan gözyaşlarımla karışmaların belki sondur. Karışalım birbirimize son kezmiş gibi, sarılalım birbirimize bu toprak eşliğinde. Sen yağ, yağ ki dünya kokan üstüm başıma toprağın kokusu sinsin. Sindikçe arınayım yüklerimden.

İçimde bir eziyet var Rabbim günlerimi dünyada harcadığım. Bir de umudum var bir selamına talip yaşadığım. Son damlada yeryüzüne düşünce, dönüyorum gün yüzüne, gülümseyerek selamlıyorum. Varsın olmasın şu handa bir baharımız, hele bir kazanalım ahireti, her gün yeşil, her gün bahar. Ey Sevgili! Yâdımdasın var ettiğin dünyada. Huzuruna gelmeye hazırlanıyorum dünya kokusundan silinmiş bu üst başla. Nazende bir düş benimkisi, bir buluş, bir yoruluş, bir İkrâ'lık. İlk emirin geldiği yerden bir tutunuş benimkisi, koşa koşa bitiremediğim, bir seccade sessizliğinde bulduğum bir *"kulum"* nidası... Buyurdun ki; *"Haberiniz olsun ki, kalpler ancak Allah'ın zikriyle huzura kavuşur" (Ra'd Suresi 13/28).* Zikrine geliyorum... Kapında kul, yolunda eğilen başım ben Allah'ım. Huzurunda ben değil, hiç diye durmaya geldim. Ey Sevgili, en Sevgili! Ben Sen'in *"Hayırlısı"* durağında bana bahşedeceklerin için heyecanla bekleyen bir kulunum.

Ey yolculuğum, vaktiyle geleceksin sen de bir başlangıç için. Adın ölüm olsa da, varlığın, Rabbime açılsın diye çaldığım bir geçit hazinesi benim için. İçimde henüz yeni tanıştığım bir ruh var. Nazik ve narin. Bir sandalye de ona çekiyorum. Dünya var geçersen, çay var içersen, elimde bir seccade var dibinde ölmeyi seçersen. Anladıkça yeryüzünü, anladıkça hâlimi, ah çekiyorum geçmişime. Sallandığım yalancı merdivenlerden. Yüzümde çizgiler derinleştikçe sallanıyor gökyüzüm, Allahu Ekber nidaları arasında. Güneş başka doğuyor, bugün üzerime alınıyorum doğuşunu. Tenimi yakmıyor da üstelik, ısıtıyor. Anne şefkati gibi sarıyor. Allah ile bir olunca kâinat nasıl da merhamet doluyor. *"Çünkü nurani âlemlere giden yol kabirden geçer ve en büyük saadetler büyük ve acı felâketlerin neticesidir. Meselâ, Hazret-i Yusuf, Mısır Azizliği gibi bir saadete, ancak kardeşleri tarafından atıldığı kuyu ve Zeliha'nın iftirası üzerine konulduğu hapis yoluyla nâil olmuştur" (Bediüzzaman Said Nursi).*

"Yıkıldı yolunu bekleyen şehir, artık gelsen de bir gelmesen de" diyen şaire inat; gönlümde BİR (cc) olan, gelsen de tek sığınağım gelmesen de dizeleri arasında, bu sabah güneş, elmacık, ben ve tomurcuk birlikte yapıyoruz kahvaltımızı. Unutmadan, hem de yeni bir telaş varmış gibi, gülümsedikçe lokmaları atıyoruz ağzımıza. Dün geliyor gözümün önüne, şu masadan koşarak kalkışım. Gidip deliler gibi bir saat hangi renk daha çok yakışır arayışlarım. Ne farkı vardı ki silinip giderken renkler? Beyazı seçmiştim hatırlar mısın elmacık? Temizlenmeye gider gibi bembeyazı. Fırlattığım saatimi almıştım yatağın üzerinden. Umursamadan bir kenara attığım hayatımı yeniden sahiplenir gibi. Koşa koşa aşındırmıştım yolları, bir nefesime bile sahip çıkamadığımı anlarken. Bir kuş yüreğiyle tanışmıştı içim. "Kuş beyniyle!" yaptığı yuva ne kadar da sanatlı gelmişti. Orada da Rabbim'in merhameti varmış meğerse. Haberi aldığım o an, nasıl haksızlık etmişim. Zilimi çalmadı, ne hakkı var, benim nefesim de demiştim. Çalmıştı işte zilimi, haber vermişti, üzerimin tozlarını sileyim diye bir sebepti bu hastalık. Zili çalandı bu hastalık. Denizin dibini göremiyorum diye yok olduğunu iddia eden bir ahmaklık yapmıştım. Nefesler boyu taşıdığım yük sandalıydı bir Rabbim çığlığında bıraktığım. Elbet haberdar idi her yaradan, beni de Yaradan (cc)...

Ne renk olduğuna önem vermediğim ayakkabılarımı giyerek çıkıyorum bahçeden. Bugünün adını vereceğim bir tohum almaya. Suyunu eksik etmeyeceğim ama etsem de onu Rabbimin büyüteceğini bildiğim bir tohum almaya. Sevgilisinden mesaj gelmiş de 32 diş sırıtan ergenus gibi gülmek istiyorum. Sanki bugün benim ilk günümmüş gibi. Papatyalar koklamak istiyorum, güller, nergisler, begonyalar... Dolsun bahçem istiyorum, dolsun ama taşmasın. Kurduğum düşler ile yürürken, sağdan aniden gelen bir arabanın freniyle kararıyor gün. Düşüyorum. Ömrümün çeyrek ortasından bir yaş düşüyor göz pınarlarımdan. Sonrası, artık yok. Zilim hâlâ çalıyor, gün, rengini aslına bırakıyor, bahçemden bir elmacık dünyaya merhaba diyor ilk filizini verirken. Merhaba diyorum, merhaba kabrim, merhaba tek kişilik tahtım. Sebeplermiş hayat yolculuğunda bir zil nidasında geliyorum diyen, hangi sebeptenmiş bilinmezmiş. Takıldıkça oltalara, başka oltalar yok sanırmış balık. Meğer ecel bir imiş. Hiçbir şey o saati, o sebebi değiştiremezmiş. Meğer her şeyde O (cc) Bir var imiş...

Yaramdı hayat boyu solumda taşıdığım iz, yolum Yaradan'ıma çıkana dek. Şimdi sakın gençti demesinler arkamdan, aldanmasınlar ömrümün ortasından düşen bir yaşa. Bilsinler ki, "Sevilmelere doyamadığım bir ömürdü benimkisi Yaradan'ım tarafından"...

Bir harf kadar kolay siliniyorsun şimdi gönlümden,
yolun Allah'a çıka!

Bir Kadın Bir Erkeğe Karşı İlk Bakışta Neler Hisseder?

Aşikâr kalmış bedenimden fırlamış bir ışıltı gibi saçılıyor ortalığa. Korunamamıştı besbelli ki. Derdim, yurdum yokmuş gibi usulca ilişti kenara. Sokak başlarında kanayan kaç yara görmüştüm? Farz et yağmurlar yerden göğe aksaydı, farz et dünya tersine dönseydi, farz et, yeter ki sen farz et. Ben bu yollara girerken, dönüşleri hep kaçırırken başka ihtimaller bırakmadım. Şimdi çağırsam o günleri, gelse, varlığımın telaşsız huzuru yeniden içime ilişse. Ruhsuz olmazmış, gönül durmazmış. Gelse ya, yıldız gibi kaysa içimde, gökyüzlerini unutsa, farz etsem, ben farz etsem... Dağlardan kaysam, güneşlere tutunsam, kestane ağaçları görsem, bir elma alsam, ruhuma dönsem, farz etsem, benliğim ruhuma tekrar ilişse. Ben, en çok beni bulsam...

En derin sorgularıma, en derin yaralarıma tutulduğum bir geceydi, yeniden bir şeylere, bir yerlerden başlamak istedim. Hayırlısıydı elbet ama ben o hayrı bulabilecek miydim? İçimde bir istek belirdi apansız, susuz, dipsiz, çaput bir pabuç içinde. Ayaklarımı atsam, kumlar arasına gömsem, götürdükleri yerden vazgeçsem... Olur muydu başkalarına da böyle, hani bir sahil dibinde yanan bir lambanın asılı olduğu bir ağaç dibinde, suya anlatmak istediklerini ciğerine kazıdığı olur muydu? İnsan hep gece mi içine dönerdi, gündüzler çok mu karmaşıktı? Ne ilginç, kalabalıklar arasında düşünememek, fikirlerinin en gerekliği olduğu yerde su yüzeyine çıkamamaları. Bazen zeytinyağı kadar fikrim yokmuş diyorum, gülüp geçiyorum kendime. Su altına gömdüklerime gülüp geçiyorum. Deli miyim diyorum kendime gülerken, aman kime ne ki, her kendisiyle konuşan deli olsaydı, bunca akıllı nerede barınacaktı? Ne çok deli vardı oysa durmadan konuşan!

Önce dedim ki, bilinmezlikleri kaldırmam gerek, bir şeyler, bir yerler, bilinmeyenler... Kafamın içinde şekiller karışıktı, kendimi tanıyamıyordum, istediğim çıkışı bulamamaktan endişe ediyordum. Biliyordum aslında, en güzel kapılar yüreğim kirlenmediği sürece açılacaktı, ama canım, bir dem, bir vakit hayli yanmıştı. Yükler omuzlarımda sanki ezildikçe susmayı, güçlü bayrağı altında kabuğuna çekilmeyi öğreniyordu. Kendimi büyütüyordum en çok, bir de suyunu eksik etmediğim çiçeklerimi. Kendimle mi konuşuyordum aslında? İnsan kendisiyle neden konuşurdu ki? Bence bu beni duyan, Bir'in olduğunu bilmemdendi, unuttuğum da olmuştu elbet ama fıtrat, ya fıtrata, oraya kazınan çıkar mıydı hiç? Ne garip şey, beni duyanın olduğunu bilirken şu yalnızlık hissi, ne garip... Ne kadar da saçmaymış düşününce. Filmlerden fırlamış bir replik vardır hani, "Çayı sıcak, çok uzaklaşmış olamaz!" hah tam da böyle değil mi, içim sıcak, düşüncem sıcak, gözyaşım sıcak, kendimden çok uzaklaşmış olabilir miyim hiç?

Bazen dar, Arnavut kaldırımlı sokaklarda uzun yürüyüşlere çıkıyorum. Havanın mont giysem terlerim, giymesem üşürüm derecelerinde. Yürüyüşe mi, içimin derinlerine mi orası muamma ama sanırım kafamdaki seslerle kavga etmeyi seviyorum. Tamam, kabul, kafamdaki seslerle değil ama içimdeki kara bir leke ile kavga edip haklı çıkmayı epey bir seviyorum. İnsan, en iyi kendisini çözümleyebilirdi, ben de öyle yaptım. İşe kendimi dinlemekten başladım. Şimdi o kara lekeyi, kara gecelerde dinleyip ona küçük oyunlar bile oynuyorum, zannediyor ki, onu dinleyince hep onun istediği olacak, böyle birtakım iç savaşlarımın eşiğinde diniyor yürüyüşler. Koyu, sade bir kahveyle acılaştırdığım gece mavisi saatlerinde, hazır sokak başındaki o tekir kediye de efkârlanmışken, gel diyorum benliğim, seninle şöyle iki lafın belini kıralım. Ya da biz doğrultalım, kırmak, yıkmak, dökmek bizim gibi narin yüreklerde ne arasın? Yok, aramasın aramasın. Biz bugün iki lafın belini doğrultalım seninle. Bak ne zaman o tekir kediye efkârlansam bazı anlar yâdıma düşüyor. Öyle bir ay ışığı altında, manolyalar açmış, ürkek ceylan bakışlarına saklanmış falan gibi değil, matkapla beynimi deşer gibi düşüyor. Bir hikâye hatırlıyorum mesela, üniversite hayalleriyle süslü birinin hikâyesi. Hani şu herkesin kazanmak için didindiği üniversite yolları. Tıptaki ismini bilmediği ama üniversite okumak için gittiği yıllarda annesinin yakalandığını öğrendiği bir "zina etme hastalığı". Öğreniyor ki, annesinin mahallede bu işi yapmadığı çok adam kalmamış, ağır gelen şeyler bunlar. Bunalıma giriyor, sığınacak bir liman arıyor. Bünye de zayıf düşüyor elbet. Girdiği arayış, karşısına istediği, kendine uygun bir eş çıkartıyor. Tam evlendim yeni bir sayfadayım derken, uzun zamandır da görüşmediği annesi geliyor. Biraz daha zaman geçiyor, derken bu sefer de annesinin kayınbabası ile aynı karanlık haberini alıyor. Bir yuva var ortada, masum temellerin üzerine kurulmaya çalışılmış, bir liman sayılmış... Yıkıldı yıkılacak, sallanıyor, kim ister o sallantının sonunu. Toparlanmaya başlıyorlar, aslında buna çalışıyorlar. Derken... Bu sefer kayınbabasının kardeşi ile annesinin karanlık haberini duyuyor. Artık intiharın eşiğine gelmiş, sığındığı tek limanı da yakılmış olan bir yürek... Gemiler usulca denizde giderken, biri bir delik açsa en sol köşesinden bir su kapağı kadar, artık olan olmuştur. Artık gemi su almaya başlamıştır. Hani çölün ortasında koştuğun yalın ayakların yanar da suya koşarsın söndürür, hani yangınlar çıkar da suya koşarsın söndürür, dilin kurur, yapışır da koşarsın suya canlandırır. Ama bu öldürür. Demek su her zaman kurtarmıyor. Tıpkı ateşin her zaman yakmadığı gibi. Ah insan, gam yükü müsündür, içine ağır mı gelir bazen bir şeyler, ah insan ahh! Oluyor böyle hallere büründüğümüz ve bahsetmeden geçemeyeceğim büründüğüm. Ah içim, ah benliğim, dinleyişlerin ne kadar da çok, tıpkı ben, ne iyi geliyor ah gecenin bu karanlık demlerinde gözümdeki o buğuyu sende görmek. Dokunsam yaş olur akarsın, akarsulara karışırcasına, kim bilir bir gün belki bir yerlerde birileriyle karşılaşırsın da ona tebessüm olursun. Bu hallere düştüğüm yetmezmiş gibi bir de müptela oluşlarım yok mu, o derdin içerisine giriyorum, girdikçe kavruluyorum. Yeter mi? Yetmez! Kavruldum dediysem, kahvenin yanına çifte kavrulmuş bir lokumdan bahsetmiyorum. İç bu iç, kavruk, yanık bir iç. Kokusu sinmiş üzerime, bunalıma giriyorum. Sanki zindanda boğulmuş biri gibiyim, off off dedikçe inliyor, gök sanki beynimin içinde, offlarım büyüyor da büyüyor... Şimşekler çakıyor, çaktıkça korkuyorum. Ne çok şeyi atmıştık içimize değil mi? Sen burada dur bir dakika benliğim, koca insanlığa dönmek istiyorum, koca kâinata kollarımı bir dağın yamacında açmış da esen rüzgârların direnişiyle "ey insan, ne çok şey attın be içine, sığmadın, sığmadın da doldun taştın" demek istiyorum. Bir bakıyorsun, çek ödeme günü dayanmış kapıya, tak tak tak çalıyor, bir bakıyorsun senet ödeme günü gelmiş beynini kemiriyor, hele bir de evliysen, bir de eşinle kavga ettiysen... Niye onu giydin, neden bunu dedin, neden neden, nedenler içinde bir sürü neden yanında bir ses yükseliyor; bak çocuk var tartışmayalım, yapmayalım, etmeyelim derken çarpılan kapılar, kırılan şişeler, parçalanan kalpler, atıyor insan kendini dışarı işte. Bir ömür sesini duymak için evlendiğin kişinin her kelimesi beyninde büyüyor da büyüyor, sussa, diyorsun, sussa da duymasam. Vuruyorsun kapıyı çat diye, sanki içine kapatıyorsun o kapıyı, vuruyorsun öyle işte, çıkıp gidiyorsun. Bir bakıyorsun insana, sağlığından problemi var, bir bakmışsın evladından, eşinden, annesinden, babasından, bir bakmışsın iki yıl, üç yıl, dört yıl hazırlanmış KPSS'ye ama başarılı olamamış, işinden ayrılmış, canı yanmış off off... Sonra bir fark ediyorum ki, koca koca tekstil fabrikalarını kurmuşum da bir gecelik devalüasyon ile yerle bir olmuş. Adımlarımız, gülüşlerimiz, dört duvarlarımız ne kadar farklı olsa da aslında her birimizin böyle dertleri var. Ah insan, ah! Bazen bakıyorsun nişanlanmış, tam evlilik aşamasında, beyaz rüyalardan ailelerin birbirleriyle tartışması sonucu uyanıveriyorlar ve ayrılmak zorunda kalıyorlar, bu da ayrı bir dert. Çocukken de kanayan dizlerim ayrı bir dertti mesela, topumun patlaması, oyunun en heyecanlı yerinde eve çağrılmam. Sanırım insan çözüm yollarını bulamayınca, böyle böyle birikip geliyordu içinde. Biriktikçe şişenin içindeki su kapağını zorluyor, dışarı taşmak istiyordu. Sonra, işte sonrası kaçınılmaz intihar... Ölümlü bir eylem. İnsan susar eylemdir, insan kızar eylemdir, insan küser eylemdir ama bu ölümlü bir eylem.

Soruyorum kendime, betondan yapılmış evlerini nasıl yıktın da kumdan kaleler kurdun diyorum. İyi ki de kendime soruyorum. Benden başka beni bu denli kim dinlerdi zaten, kim çekerdi bu huysuz gönlü. Homurdanıyorum bazen, takma dişleri de düşmüş bir ihtiyar edasıyla, gözlerim de epey bozulmuş gibi huysuzluğum artıyor, ağzımın tadı bozulmuş, samanla buğdayı ayıramıyor gibiyim. Gökten bir damla düşüyor sol gözümün kıyısına. Yüzümdeki iki beni mim durağı saymış gibi duruyor, hayırlısı diyorum, hayırlısı.

Bir keresinde arabadan ayağımı atar atmaz gelen o korkunç sesi hatırlıyor musun? Nasıl delmişti kalbimin sesi kulaklarımı, e tabii en çok da seni gam yüklü içim. İnsanın içi gibisi var mı, attığı da taştığı da hep burada. Bir yudum daha alacağım kahvemden, ağzımın tadı pek bir ekşidi. Nereden bilebilirdim ki o sesin bir eylem, bir intihar sesi olduğunu... Dönüp baktığımdaki o manzara... Demek manzaralar hep yemyeşil, masmavi olmazmış. Merdivenden düşmüş olabileceğini düşünecek kadar uzaktı aklım bu korkunç eylemden ama aynı saniye yanımdan fırlayan adamın "koşun intihar etti, kendini dördüncü kattan aşağı attı" demesiyle gözbebeklerim biraz daha büyüdü, nabzım biraz daha arttı, bir uğultu kapladı kulaklarımı. Aramızdaki mesafe öyle kısa, öyle yakın ki! Gözlerini görüyorum, yukarı kaymış, bembeyaz bir çizgi kalmış, nefesi terk etti edecek, can çekişiyor. O an bunu görebiliyorum, hissedebiliyorum can çekiştiğini. Duvara bakıyorum, boş, dolu, anlamlı ve anlamsız, öylece bakıyorum. Mesafe kısa ama insan yetişemiyor, hiçbir şey yapamıyor. Ben nefes alıyorum ama veremiyorum ki nefesimi, bir pay ayırsam ona, bir pay ben çeksem içime bir nefes daha olmaz ki, olmaz, yetmiyorum, yetemiyorum. Bakıyorum, bakıyorum ve bakıyorum. Beynimin içinde aynı anda konuşan binlerce ses var, birbirlerine çarpıyorlar, çarptıkça yankılanıyor, "intihar etti, öldürdü kendini, ölecek gibi, can çekişiyor, dördüncü kat, duvar, bu sokak, insanlar koşuyor, ambulans" bir anda takılıyorum aynı yere "ya hesabı, ya bunun hesabı!" Kim bilir nasıl büyütmüşlerdi onu, kimin gözbebeği olmuştu, ilk adımları, ilk kavgaları, ilk kelimeleri, ilk emeklemesi kim bilir kimlerin hayalini süslemişti. Yer nasıl çığlık atmıştı kim bilir, bu haber kimin ocağına ateş gibi düşecekti, kimin canı yanacaktı? Ne derdi vardı içinden böyle çıkamadığı, kendini buralara sürüklediği, ne derdi vardı yetişemediğimiz? Ne renkti acaba gözleri, nasıl bakardı, nasıl buğulanırdı şimdi bembeyaz bir çizgiden öteye gidemeyen gözleri...

Birkaç saat sonra döndüm tekrar geldim aynı yere. Ruhum ve düşüncelerim sanki hâlâ buradaydı. Sanki hiçbir şey olmamış gibi yıkamışlardı her yeri. Sokaklar temizdi ama bir şey vardı, olan bir şey vardı. Büyük bir şey vardı, o vefat etmişti... Kafamın içinde ardı ardına yankılanıyordu "vefat etmişti, vefat etmişti, vefat etmişti..." Şuracıkta can çekişirken gelmiş miydi ruhu yanına, "sen ne yaptın, sen ne yaptın kendine, şimdi bitti mi dertlerin, sonu olan bir dünyada bitmez mi sanmıştın dertlerini, bitti mi şimdi o dertlerin? Ne olacak şimdi, sonsuz dertlerinden seni hangi eylemin kurtaracak? Hangi düşüncen seni kurtaracak söylesene?" diye dövünmüş müydü ruhu...

Basıyorum ayaklarımı, herkesin ezdiği ama gık demediği o yumuşak topraklara. Düşünmem gerekmez mi, hamurumuz aynıyken bana bir cennet vaat edilmiş, hamurumuz aynı iken bana bir makam vaat edilmiş, e ben şimdi şu topraktan daha aşağı mı davranacağım? Ben ömrümü bir toprak kadar olamadan mı geçireceğim? İçimde bir ruh varken ben basıyorum toprağa, ruh çıkınca ise o beni kaplayacak, ben boş mu yaşayacağım?

Şimdi karşımda yine bir duvar, bir şeyler hareketleniyor sanki üzerinde usulca. Biçimsiz, renksiz, tatsız ve tuzsuz. Yetişiyor içimden bir ses, Üstad Bediüzzaman Said Nursi'nin sözleriyle; "Ey insan!" diyor. Bak diyorum, bak, bana seslendi burada, ey içim, sana seslendi, mevcudat içerisinde bedbaht, rezil nefsime seslendi. Sana seslendi nefsim sana seslendi! *"Ey insan! Fâtır-ı Hakîmin senin mahiyetine koyduğu en garip bir hâlet şudur ki"* diyor Üstad, çok garip bir hal varmış ve bu garip hal hem beni, hem seni nefsim, hem bütün kâinatı alakadar ediyormuş. Ah hallerim, o gariplikIerim. Kara delik gibi içine girdikçe girdiğimde çıkış kapısını bulamadığım. Yeryüzünün bütün kapılarını kırmızıya mı boyasak, boyasak da nerede olursa hemen görsek olmaz mıydı sanki? *"Bazen dünyaya yerleşemiyorsun"* diyor, ah dünyaya sığamadığım o anlar. Koca kâinata dar bir bardak gibi sığamadığım o anlar. Vücudumun çapından çok sıkıldığım, koca bir kâinatın üzerime üzerime geldiği, ayağımın altından toprağını çektiği o anlar. Düşün benliğim, sen de düşün, seninle ne kadar sıkıldığımız an varsa düşün, düşün ki artık bugün çıktığımız yokuşlar bitsin. Hani evde kirpiğine zarar gelse deliye döneceğin ailenle, eşinle tartışmışsındır, kapıyı vurup çıkmışsındır, belki de kendinledir kavgan... Gitmek isterim bu yüzden, kafayı sıyırmak üzereyken hep gitmek isterim, mesela bir şehir değiştirsem derim, biraz tatil yapsam gelsem tekrar. Üzerime ince bir şeyler alsam, meltemler esse de esse, değse tenimin her bir hücresine, hissetsem, bir nefes alsam, çeksem içime, çeksem, çeksem... İçimdeki bütün yükleri o nefesle atsam dışarıya. Ne fayda! Nereye gidersem gideyim, müzik de açsam, Kur'an da açsam, şehir de değiştirsem, ülke de değiştirsem ne fayda ki derdim de benimle gelecek. *"Zindanda boğazı sıkılmış adam gibi 'of, of' deyip dünyadan daha geniş bir yer istediğin halde, bir zerrecik, bir iş, bir hatıra, bir dakika içine girip yerleşiyorsun."* Ne kadar doğru! Kasaya bakıyorsun trilyoner, iki-üç milyonluk yalılarda oturuyor, altında koca koca arabaları var ve bakıyorsun 1.95, dalyan gibi delikanlı, sarışın, böyle bakıldığı zaman imrenilecek bir insan ama... Bakıyorsun ki o anda öyle bir derde müptela olmuş ki! Belki çekini ödeyememiş, senedini ödeyememiş, eşiyle tartışmış, şirketi batmış, bilemiyorsun. Tam da böyleyim işte. Bazen bir ev içinde huzurumu arıyorum, bazen bir arkadaş ortamında ama öyle bir şey oluyor ki, üzüm salkımları kurumuş kalmış gibi, öyle bir şey oluyor ki, bir ağaç kadar faydamız olmuyor birbirimize, bir ağaç kadar nefes aldırmıyoruz birbirimize. Hiç görmüş müydüm "benim bugün canım sıkkın oksijen üretmeyeceğim", "benim bu yaz keyfim yok, meyve vermeyeceğim" diyen bir ağaç? Ne de bolluk içindeymişim, canım isteyince istediğimi yapabilmekle. Ne de bolluk ile nimetlendirilmişim. Bu bolluğun içinde ne de boş yaşıyormuşum ben meğerse. Eriyip gidiyorum ve dertleşecek birini arıyorum işte. Dertleşmek yeter mi hiç, beni anlamasını da bekliyorum. Böyle insanlara bile baktığında, altında kaç işçi var, belki bin, bin beş yüz ama öyle bir derde müptela oluyor ki, derdini anlatacak birilerine ihtiyaç duyuyor. Üstad devamında diyor ya hani, *"Koca dünyaya yerleşemeyen kalp ve fikrin o zerrecikte yerleşir. En şiddetli hissiyatınla o dakikacık, o hatıracıkta dolaşıyorsun,"* diye. Yerleşemiyor kalbim şu koca dünyaya, yerleşemiyor, ne kalbim ne fikrim ama o zerrecikte yerleşip kalıyorum. Dur benliğim, kafanı karıştırmak değil derdim. Mesela düşün ki, bu zerrecik mavi bir top ve biz de seninle aldık bütün hayallerimizi, hayalen bu topun içerisine sığdırdık. Aldık topu yanımıza, attık cebimize gidiyoruz da gidiyoruz, dağlar, tepeler aştık, ülkeler gezdik, dolaştık, fark eder mi? Başka şehirlere, başka ülkelere, hatta uzaya da gitsek o top hep bizimle değil miydi? Peki, nasıl oluyor bu diyorsun, tam da şöyle oluyor; bak şimdi, Allah ile aramdaki o letâif bağları, yani manevi organ denilen, Allah ile ilişkimi sağlayan o baz istasyonu olan manevi organlarım, cihazlarım zayıf olduğu için tıkanıyorum. Telefonumun bile çekmek için baz istasyonuna sahip olduğu bir diyarda operatörüme bağlanamıyorum yani. *"Hem senin mahiyetine öyle manevî cihazat ve lâtifeler vermiş ki"* tam da böyle işte. Allah ile aramdaki iletişimi kurmaya yarayan lâtifelerim kopunca her şey de bir anda kopuyor. Bu bağ nasıl kopar diye düşünme öyle, çünkü bir şey hassaslaştıkça onu muhafaza etmek zorlaşır, sonra da kopar gider. Böyle işte... O yüzden, günahımın küçüklüğüne bakıp aldanmamam lazım çünkü bu binayı, koca sarayı ve koca âlemi yakan da ufacık bir kibrit parçası. Orman yangınlarını düşünsene, o küçük kıvılcımların nasıl büyüdüğünü. Bana verilmiş olan bazı cihazlar ve bazı manevi organları düşünmeni istiyorum benliğim, gözünde o ışıltıyı görmeyi seviyorum. Bedenim mesela bin tane tıp fakültesinden doktor bulsak ve kalbimi çıkartsam ya da gözümü çıkartsam ya da beynimi çıkartsam ya da damarlarımı çıkartsam ya da en basite inelim tırnağımı çıkartsam ve desem ki siz bin tane doktorsunuz, size de yüz sene veriyorum. Siz yüz sene boyunca bu tırnağımın, kalbimin nasıl bir alet olduğunu yüzde yüz keşfedebilir misiniz? İhtimali var mı? Gözüm muazzam bir sanat, kulağımın içerisindeki zar muazzam bir sanat. Yüz sene versem ve bin tane doktor keşiflerini yapmaya çalışsalar, yapma ihtimalleri mevcut mudur? Cevap çok basit, hayır, değil. Düşünsene, muazzam bir şey bu! Yetmiş yıllık, seksen yıllık bir hayat için böyle cihazları bana veren Allah, sonsuz bir ahiret hayatı için manevi organlarımı nasıl hazırlamıştır ah... Muazzam derecede değil mi? Ama burada bana düşen büyük bir şey var, evet bu manevi organların gelişmesini sağlamam. Tam, ne yapmam lazım bunun için derken, aklıma birden Maradona geliyor. Efsane Maradona'nın efsane bitişi. Futbolu bırakmasıyla koşuyu bıraktı, e haliyle göbek çıktı, hemen ardından gelen belki de uyuşturucu, futbolla artık hiçbir alakası kalmadı. Bunu neden mi anlatıyorum, çünkü devamlılığı yoktu. Bu yüzden, o noktadaki kabiliyeti de öldü. Ya da vücut sporcularını anımsa, kol kaslarını zorluyorlar, zorluyorlar, zorluyorlar, ne oluyor sonra vücut, haliyle şişiyor. Her geçen gün biraz daha şişiyor, ardından sporu bırakınca o kaçınılmaz son, vücut sarkıyor ve eriyor artık. İşte böyle, Allah ile aramdaki o manevi bağı, manevi kuvveti güçlendirmeyince evde bir tartışma esnasında iş hemen mahkemede sonuçlanıyor veya şirketin battığı esnada iş bir ipin ucunda, intiharın eşiğinde sonuçlanabiliyor. Bakıyorsun nişanlısı terk etmiş, iş hemen bir elin jilete sarılmasıyla sonuçlanabiliyor. Koca bir sebebi var hepsinin, manevi organlarımızdaki problemler... İlkokulda bile okumamı geliştirmek için her bulduğunu okuyan, defterime aldığım notlar daha ilgi çeksin diye sol yanlarına renkli kalemlerden detaylar ekleyen ben, kaslarımı geliştirmek için çabalayan da çabalayan ben, manevi organlarımı geliştirmeyi nasıl eksik bırakabilirim ki?

Bir kahve daha içer miyiz içim, bu sefer şekerli olacak ve bol köpüklü, yüreğim ısınmaya başladı da benim. Manevi organlarımızı geliştirme düşüncesi bile nasıl sıcak geliyor değil mi? Haklısın, peki ama bu letaifleri nasıl bozmuştum, burası çok önemliydi. Aklıma üniversite yıllarım geliyor, hani o üniversite yolunun yokuşunda sağda bakmamam gereken, gözlerimin değmemesi gereken bir çift göz vardı, bakmamam gereken ama nefsimin de damarlarımda deli gibi dolandığı biri vardı ve o damarlardan bir ses yankılanıyordu. Diyordu ki, ya bugüne kadar hiç bakmamışım zaten bir baksam ne olur ki, hem Allah'ın rahmet eseri değil mi o da, diyor alttan alta dürte dürte. Tam bir fiyasko! Allah'ın rahmet eserini haramda aramak tam bir ahmaklığım. Önce bir kere bakıyorum, baktıktan sonra ne oluyor demeye gerek var mı? Birinciyi baktım, yani ikinciye de bakayım bir şey olmaz diye devam ediyorum. Bir kere bakmışım, damarlarım bir kere hareketlenmiş, kan bir kere hızlanmış, vücut bir kere o hazzı hissetmiş. Ellerine kayıyor gözlerim, ince ve uzun ellerine, gözlerine bir kez daha bakıyorum, kirpiklerinin kendiliğinden kıvrılışında birkaç dakika bir han bulmuş gibi konakladıktan sonra bu sefer bakışlarına dalıyorum. Kendinden emin gibi ama değil, ürkek gibi ama değil, kırılmış da belli etmek istemememecesine uzaklara dalmış gibi. O da uzaklarda bir bahçe mi arıyordur benim gibi diyorum, o da uzaklara dalmış, gelecek birini mi gözlüyordur, bembeyaz elleriyle bahçeden koparacağı çiçekleri canlandırıyorum zihnimde. Belki bir öğle yemeğinde usulca masaya cam bir vazonun içine koyacağı çiçekleri. Hangi çiçek olduğunun bir önemi var mı o beyaz ellere değmişken. Dedim ya, bir kere baktım mı dalıyorum bu deryaya. Zaten birinciye bakmam ikinciye bakmamın delili, ikinciye bakmam da üçüncüye bakmamın delili oluyor. Hani yaptıklarım yapacaklarımın teminatı gibi bir nevi. Bakışlar artıkça ufak ufak sokulmalar başlıyor. Göz göze gelmeler, e artık göz göze gelmeler artınca yeter mi bu, yetmez, iş ufak ufak tanışmaya kayıyor. Bu kadar tanışmışken şekerli bir çay, köpüklü bir kahve içmeden nasıl olabilir? Bakıyorsun bir muhabbet başlamış, hem de artık kol kola yürümelere uzanan, artık o baştaki utangaçlıklar, göz kaçırmalar bile kalmıyor ve sarılmalar devreye giriyor. İş, problemli bir yerde neticeleniyor. Oysa küçücük bir kibrit çöpüydü, bir kere bakmaktan ne olurdu... Nasıl ki küçücük bir kibriti odamın ortasına atsam bütün binayı yakma ihtimali var, aynen öyle de, benim o sağ taraftaki harama "bir seferlik baksam ne olurdu" dediğim fikrimin de sonucunun böyle bir yangın ile farklı yerlerde sonuçlanma ihtimali var. Bir halıyı azıcık püsküllerinden tutuştursam giden sadece püskülleri mi olurdu, düşünmek bu kadar mı zordu binbir oyuna çalışıp da yolunu bulamayan kafam, ah kafam, ah! Bu ihtimal tek bir yönü gösteriyor işte, çıkmaz sokak! Yolun sonunda benim manevi organlarımın hemen hemen tamamının yanma ihtimali de peşinden geliyor. Üstelik çıkış yok, yol kapalı. Hani Üstad devamında diyor ya, *"Bazıları dünyayı yutsa tok olmaz, bazıları bir zerreyi kendinde yerleştiremiyor. Baş, bir batman taşı kaldırdığı halde, göz bir saçı kaldıramadığı gibi"* diye, nasıl da çekiyor insanı içine. Yedi kilo, sekiz kilo olan bir batman baş, bir batman taşı kaldırabiliyor. Göz ise sıfır gram olan saçın telini kaldıramıyor. Kirpiğim düşse gözüme, başıma tuğlalar yıkılmış gibi davrandığım anlar canlanıyor gözümün önünde. Nasıl da hemen rahatsız ediyor sıfır gram saç... Bir inşaat işçisinin çalışırken gözüne bir tel girse, küçücük bir tel gözü kör ediyor. Neden böyle olduğunun cevabı çok ince aslında, çünkü çok hassas. Hassaslaştıkça muhafazası biraz daha zorlaşıyor. Zorlaştıkça da kırılıp gidiyor.

Bir yol var önümde alabildiğince ıssız, alabildiğince portakal kokulu ağaçlarla renklenmiş. Burnumdan soluya soluya ciğerlerime çekiyorum, demek insan sadece sinirlenince böylesine solumazmış. Ayaklarımdan sesler çıkıyor ahenkle dans eder gibi. İçimin bahçelerinden bir yaprak daha düşüyor. Hep sonbaharda mı düşerdi yapraklar? Baharda da tazelenmez miydi yapraklar? Belki bu da böyle bir bahardır. Devam edelim hadi portakal çiçekleri içinde çikolata yemeye, *"bazıları dünyayı yutsa tok olmaz, bazıları bir zerreyi kendinde yerleştiremiyor. Baş, bir batman taşı kaldırdığı halde, göz bir saçı kaldıramadığı gibi, o latife, bir saç kadar bir sıkleti, yani, gaflet ve dalaletten gelen küçük bir halete dayanamıyor. Hatta bazen söner ve ölür."* Saçın sıkleti, yani ağırlığı sıfır gram ama bir bakıyorum, vücuda giren bir kanser hücresinin, kanser hücresi olduğunun anlaşılabilmesi için otuz bin kat küçültülmesi lazım geliyor. Küçük bir şey mi, ağırlığı ne kadar, ölçüsü ne kadar değil mi? Gözümle göremeyeceğim kadar küçük, bir mikroskopla incelediğim zaman otuz bin kat derine girebileceği kadar küçüklükte. Bakıyorum, vücudumun bir noktasına girdiği andan itibaren vücudun tamamını iflas ettiriyor ve çökertiyor. Beynime giden ufacık bir pıhtı beynimi yok ediyor ya da kalp damarlarımı tıkayan ufacık bir pıhtı hemen kalp krizine sebebiyet veriyor. İşte bu yüzden, küçük bir kibrit parçası, sadece küçük bir kibrit parçası âlemi yakabiliyor. Kulaklarımda çınlıyor içimin sesleri; günahımın küçüklüğüne bakıp da aldanmamam lazım. Kaç kanat gerekiyordu bu yangınlardan uçup kaçabilmem için, bir kartala tutunsam olur muydu? Hâlâ kartal diyorum, kanatlarımı verecek olan bir hal düşüyor dilime, hayırlısı diyorum, sadece hayırlısı, düşüyorum yine sorularımın peşine.

Harama baktım, ne olacak ki, bugün sabah namazına kalkamadım, ne olacak ki, namazlarımı geciktirmeye başladım, ne olacak ki, ortam çok fena, bir kerelik namazlarımı kazaya bıraksam ne olacak ki, etrafımdaki herkes faize giriyor, ben de zaten bir iş kurmak istiyordum, e imkânım da mevcut olmayınca o zaman, e faize girerim ne olacak ki... Bu parayla bir araba alırım, bir de şirket kurarım, oh! İnsanların bahaneleri, bitmek bilmeyen bahaneleri nasıl da anlamsız geliyor şimdi. Aslında bahanelerim demeliyim. Ne kadar basit geliyor değil mi kulağa? Ama o manevi organlarım işte böyle böyle zarar görüyor. Sonra diyorum ki, Allah ile aramdaki bağ neden bu kadar kuvvetsiz! E kendi düşen ağlamazdı, ben kahroldum burada. Kendi kendime çelme taktım da düşürdüm resmen. Bir kere de deseydim ya iki rekât daha fazla kılayım ne olacak ki! Sonra sorular, sorular... Evde neden ben bu sorunları yaşıyorum, patronumla neden ben bu sorunları yaşıyorum, Allah bana neden namaz iştiyakı vermiyor, tesettürüm neden hep eksik kalıyor; şimdi anlıyorum ki hepsinin sebebi manevi organlarımdaki zayıflıktan kaynaklı. Ben kırmışım su dolu yeşil kupamı, su, altından akıyor da akıyor, neden diyorum bu su bu kadar çabuk bitiyor, e ahmak, beynin neye yarıyor senin diye dalıyorum içime, kızıyorum da kızıyorum. Bir güçlendirebilsem, Allah, namazı kılma iştiyakı da verecek. Diyordum ya ne olacak faize girsem diye, beynimi deşti yine bak yâdıma düşenler. Eski evliyaullahtan zatları hatırlasana, bankanın olduğu sokakların çok arkalarından gittiklerini. Neden diyorsun değil mi? İşine gelmiyor ki, çünkü neden işine gelsin daldığın çamurlar içerisinde. Manevi organları öyle kuvvetli ki, dikkat ediyorlar, çünkü zemin çok kaygan. Dünyanın bu kaygan zeminlerinde ben nasıl da yanlış kapılara tutunmuşum, hâkim bey şikâyetçiyim kendimden!

İçimin gök gürültülü anlarına bakıyorum da, bu anlarda Allah ile bağım, Allah ile münasebetim nasıldı? Sağanak sağanak yağan hangi yanımdı? İsyan mı ettim, yoksa hamd mı? Yanıma bağdaş kurmuş dertlerimi nasıl ağırlamıştım? Evime gelen bir elektrik faturasını öderken, bunların hesabını vereceğimden bir haber olmam nasıl da alaycı geliyor şimdi. Nasıl da alaya almışım hayatımı. Sokakta mı buldum canımı be kendim, sokakta bulduğun kediye sahip çıkarken canın bu kadar mı değersizdi. Araba aldın, sonra bir üstünü, sonra bir üstünü daha derken, o ilk ayağımı yerden kessin yeter serzenişlerin bakıyorum da, nasıl gelişti de gelişti. Bir letaiflerini mi geliştiremedin? Sonu birkaç metre olan çukurluk gururun bakıyorum da nasıl da gelişti de gelişti. Elma şekeri mi sandım ben dünyayı? Yedim de yedim bir güzel, elimde kalmış sapıyla bir çöp kutusu arıyorum şimdi. Bak başladı kavgam yine, ama dur, seviyorum sana galip gelmeyi, yine başaracağım.

İçime ne zaman ektiğimi bile hatırlamadığım tohumlar dal veriyor, budaklanıyor, cana geliyor, canan oluyor, meyve veriyor. Kendimle boğuşurken pek bir unutmuştum sulamayı ama nasıl da büyümüşler, şimdi hepsi rengârenk. Hiç aynı toprağa bastığımız bitkilerin, otların, ağaçların susuz kalışlarını düşünmüş müydüm, dert edinmiş miydim? Sahi bahçelerimizi suluyorduk da o ıssız, adım atılmayan yerdeki otların derdine neden düşmüyorduk? Ya da düşsek başarabilir miyiz sanıyordum. Evimin, üstümün başımın temizliği derdine düşüyordum da sokakları, kâinatı, milyonlarca hayvanın temizliğini hiç de düşünmüyordum. Allah nasıl da bu dertlerin yükünden temizlemişti beni, düşününce beynim açılıyor sanki. Bir insanın, belediyenin bu görevi üstlenmesiyle temizlenir miydi koca kâinat? Bunca insanın pisliği, çöpü varken nasıl çöpler diyarına dönüşmüyor, nasıl sokaklar leş gibi kokmuyordu? Evini bir ay temizlemese örümcek ağlarından adımını atamayacak insanın sokağı, mahallesi hiç de örümcek ağlarıyla bezenmiyordu. Neden düşünmemiştim ki bunları daha önce? Letâiflerim, tabii ya nasıl da tıkalıydı. Şimdi o tomurcuklardan açan meyveler bir ses yükseltiyor yüreğimin derinliklerinden, bak diyor, Allah'ın, imtihan eden, El-Mubtehi ismi var. Küçücük arıyı, küçücük sineği, fili, yıldızları, güneşi gören Zat şu anda beni de görüyor. O'nun adı Ya Mubtehi, problem yok, Allah beni istediği gibi imtihan eder! İşte bunu diyebilmek için manevi organlarımın kuvvetli olması lazım. Bak diyor, Allah'ın, kullarının işlerini yoluna koyan El-Cebbar ismi var. Eşimle mi tartıştım, vurup kapıyı dışarı mı çıktım, içim mi daraldı, işim mi battı, elimdeki her şeyi kaybettim mi, bana ihtiyacımı verebilecek bir el mi lazım, işte tam burada hissediyorum. Kimselerin eli yetmez iken kalbime, biliyorum artık kimin elinin yeteceğini bana. Küçücük bir sineği kim yarattı ise, güneşi dahi O yaratmıştır. O'nun adı Ya Cebbar'dır. Cebbar olan Allah'ın eli kalbime elbette yeter. O'nun eli kalbime yettiği anda rahatlıyorum. O'nun eli kalbime yettiği anda iyileşiyorum. Bak diyor, Allah'ın, kulunun imdadına yetişen El-Nasir ismi var. O sıkıntı anımda, o bunalım anımda Ya Nasir Ya Allah, Ya Nasir Ya Allah deyince kâinatta kimse yardımıma koşamayacakken, Allah bütün olayları ve hadiseleri düzeltiyor. Bak diyor, her şeyden haberdar olan Allah'ın, El-Habir ismi var. Ya Habir, küçücük kara karıncadan haberi olan Allah'ım, Samanyolu galaksisi içerisindeki dört yüz milyar yıldızdan haberi olan Allah'ım, güneşten haberi olan, buluttan haberi olan, yağmurdan haberi olan, toprağın altındaki köstebekten haberi olan Allah'ım... Bütün her şeyden haberi olan Rabbimin benim o dertlerimden mi haberi olmayacak? Karanlık gecelerde Ya Habir'den haberim yoktu, manevi organlarım bir düzelseydi eğer, bir düzelseydi ve ben Ya Habir Ya Allah, Ya Habir Ya Allah diyebilseydim eğer, bütün dertlerim Allah'ın izniyle küçülecekti, bilemedim...

Bir uçak yolculuğu gibi olan iman nasıl da dünyayı, dertleri, sıkıntıları, bitmez sandıklarımı un ufağı yapıyor. Gel seninle bir uçağa atlayıp gidelim birkaç dakikalığına. Uçak yükseldikçe mavi bulutlar arasında, pamuk pamuk dokundukça ne kadar da küçük geliyor yeryüzü. O karmaşalar, gürültüler ne kadar da küçücük oluyor. Yeryüzü sanki bir labirentmiş gibi, hah işte, ben de eğer manevi organlarımı gerçekten kuvvetlendirebilirsem, her an Allah ile bağımı Ya Habir, Ya Cebbar, Ya Fettah, Ya Garip diye diye güçlendirsem, tıpkı o uçak gibi, dertlerime baktığım zaman ufacık kalacak. Şöyle bir gökyüzüne bakınca nasıl da içim açılıyor, ne kadar da sakin geliyor oralar, ne kadar da sessiz. Oysa yeryüzü öyle mi? Baktıkça çoğalmıyor mu sesler? Ne kadar da karmaşık, ne kadar da karışık geliyor. Aynı böyle değil miyim işte dünyanın içine gömüldükçe biçimsizleşirken sesler, renkler, adımlar, nefesler... Kendimden, dünyadan arındıkça ne çok sakinlik çöküyor üzerime. Hani diyor ya Üstad, *"Madem öyledir, hazer et, dikkatle bas, batmaktan kork. Bir lokma, bir kelime, bir dane, bir lem'a, bir işarette, bir öpmekte batma. Dünyayı yutan büyük letâiflerini onda batırma. Çünkü çok küçük şeyler var, çok büyükleri bir cihette yutar."* Ben nerede dikkat ederim ki, nerede dikkatle basarım ki? Bir mayın tarlası mesela, Suriye sınırında bir mayın tarlasında olsam dikkatle basarım, ince ince hesaplarla, eleye eleye. Oradan geçmek için ise, mayınların nerede olduğunu bilmek için, ölçebilmek için bir alete ihtiyacım var. O olmazsa geçmem mümkün mü? Artık buna benzetiyorum bu koca kâinatı da. Bu kâinat mayınında bir yandan bakıyorum ticari bir hayat, bir yandan bakıyorum okul hayatı, bir yandan bakıyorum aile hayatı, bir yandan bakıyorum çocuk yetiştirme, bir yandan bakıyorum gelecek endişesi, bir yandan bakıyorum geçim derdi, bir yandan bakıyorum psikolojik sıkıntılar... Bakmaktan boynum tutuluyor artık! Doktor bey bir boyunluk rica ediyorum... Her biri mayın hükmünde olan bunca sıkıntıdan bu mayınları ölçebilecek ve nerede olduğunu kâinat içerisinde görebileceğim bir alet olan manevi organ, yani letâifelerimi kuvvetlendirdiğim ve Allah ile bağımı kurduğum esnada bana alarm veriyor. Diyor ki, buraya yaklaşma! Evet, oradan uzak dur. Belki yıllarca çalıştım ama istediğim bir sınavı kazanamadım, belki hem dershaneye para verdim hem ailemin benden beklentisini karşılayamadım, belki evlilik kapıda ama işim yok, belki umduklarıma çabaladım da çabaladım ama olmadı. Dur bir, dur ey ben, ey nefsim, ey içim dur! Habir Olan Allah var, benden haberi var. Ne problem kalıyor ki geriye? Demek ki bu olay ve hadisede benim için bir hayır var, hele bir dur, o yüzden işte hazer et, dikkatle bas, batmaktan kork, bir lokma, bir kelimede batma... Bu sadece böyle mi olurdu, hayır, dikkat etmeliydim. Yediğime, içtiğime dikkat etmeliydim. Hani o bayıla bayıla tabağımın bir türlü boşalmadığı tiramisu var ya, işte onda bir gram likör olsa, hani bir gram, bir parça ya, azıcık! Yok işte, olmaz, olmaz! Yediğime, içtiğime dikkat etmem lazım. Yoksa manevi organlarım zarar görüyor ve sonunda diyorum ki, neden bu hadiseler benim başıma geliyor! E kimin başına gelecek, ben dikkatsiz ve tedbirsiz olursam? Uçan kuş dahi, birbirinden inatla daha da yükselen binalara çarpmaz iken, onların alanını dahi işgal ederken, onlar bile dikkat ederken benim kuş kadar beynim yok muydu?

Bazı şeyler var, küçük görünüyor ama bakıldığında benim bütün dünyamı yutuyor. Bir kibrit daha çakıyor şimdi aklımda, onun gibi küçük gözüküyor ama dikkat edilince her şey bir kibrit ile başlıyor, her şey bir bakmakla başlıyor, her şey bir lokmayla başlıyor, her şey duymakla başlıyor, her şey bir konuşmak ile başlıyor. Günahımı küçük göremem... Nasıl küçük diyebilirim? Günahın en zor olan kısımları da zaten başı değil miydi? Önce bir güzel bu zorluğu aşıyorum, dağları aşar gibi, bir halta yarar gibi, sonra sıradanlaşmaya başlayınca sıkılıyor ve daha büyüklerini arıyorum. Tatlanıyor, tatlanıyor ve sonunda kalbime, manevi organlarımın başına bir kuma gibi türediğini görüyorum. Evet, onu tam da bu halde yakalıyorum. Artık neden namazlarım aksıyor, neden dilimdeki gıybet yangını arttıkça artıyor, neden sigarayı bırakamıyorum, neden tesettürüme dikkat edemiyorum, neden, neden demek yok. Neden mi? Ne mi yapmam lazım? Manevi organlarımı kontrol etmem lazım! Bu kadar, sadece bu kadar! Bunalıma mı meylim var, dur ve letâiflerini kontrol et! Allah beni sürekli daraltıyor, yoksa beni sevmiyor mu demek ne kadar da bencilce. Ben ne yapıyorum, ben ne kadar seviyorum ki sevilmeyi bekliyorum bir de utanmadan! Allah beni sevmiyor mu demek artık yok. Cevap belli artık, hayır, sadece benim Allah'a karşı muhabbetimde bir zayıflık var. Ben kendimi çay ile mi karıştırıyorum ki bekledikçe dem tutacağım? Bekledikçe batıyorum görmüyorum bile.

Bir kirpiğimin benzerini daha yapamayacak bir canlıyken nasıl da dizilmiş her birisi, Ey Allah'ım neler de vermişsin böyle! Senin, Ol, demenle olan ben ne çok olmazlara atmışım kendimi. Ucunu bucağını kavrayamadığım okyanuslar varken, ne derdim vardı kırmızı denizler aramaya? Sen, Ol, demeseydin eğer bana, ben hiç olmasaydım eğer kim arardı beni, kim sorardı beni, kim özlerdi, kim severdi... Sen, Ol, demeseydin varlığıma, hangi gönül ısıtabilirdi ki içimi. Sen, Ol, demeseydin eğer hangi elbise bu denli yakışırdı bana. Sen, Ol, demeseydin şu koca kâinatta hangi yeri kaplayabilirdim? Ne çok büyüklenmişim Ya Rab, ne çok acizmişim meğer bir de cennet gibi bir makam vaat ediyorsun. Var etmesen ne ehemmiyeti kalırdı o sonsuz cennet bahçelerinin, olmasam neye talip olurdum ben?

Galata Kulesi'ne ilk kiminle çıkarsan onunla evlenirsin falan hikâyeymiş, asıl, ilk nerede okumuşsan Kur'an'ı orasıymış artık senin huzurhanen. Şimdi geçmişe yeniden bakıyorum, yeniden yol alıyorum kendimce. Usulca gidenlerin ardından da bakıyorum, sessizce fısıldıyorum, "Gittiğin gönlümde salıncağın hazır idi. Ve sen, dost, kaldığım yerden şimdi kendi çocukluğumu Allah ile büyütüyorum. Fani varlığınla Teş-ekkür etmeyeceğim artık sana, Ebedi bir hayatın Tef-ekkür edeceğim zamanlarında. Bir harf kadar kolay siliniyorsun şimdi gönlümden, yolun Allah'a çıka!" diye diye... Hayallerimden sarkan bir geminin yolculuğuna uzanıyor benim hikâyem. Taşını toprağını sevdiğim, dört duvarına geleceğimi kazıdığım, kapısını hanem bellediğim bir yolculuktan geliyor benim hikâyem. Hayal/hanem'den... Biz kısık sesleriz Ya Rab, her gece secdeden konuşan! Mübalağa, en güzel secde dibindeymiş Ya Rab. Abarta abarta demlenmeye geldim huzurunda. Hüzünlü yanlarımı aldım Allah'ım, bir valizin içine gelişi güzel dizdim de dizdim, eksikliklerimi aldım, kucağıma ha düştü düşecek derken tutuna tutuna geldim, ayaklarım zaten toz içinde, ne çamurlu yollardan geçtim de geldim, ellerim soğuktan çatlak, gözlerim kör, kulaklarım sağır, tutuna tutuna ben geldim Rabbim, Sana geldim, hiçbir şeye değil Sana talip olarak geldim. Senin rızana talip olarak geldim, vallahi yoktur gayrısı gözümde, ben bir Sana yandım da geldim. Çöllere düşmedim, kaldırım taşlarında sabahlamadım, sokak aralarında maskara olmadım, dalıp da gitmedim başkalarının peşine, ben Sana geldim Rabbim, bir seccade dibini mesken tutmuşum, neyleyim köşe başlarını? Parmaklarıma her bir tesbih tanesini dizdim de geldim, Senin adına bir kere dokunmuşken, neyleyim o kirli cam şişelerini? Gözlerim bir kere sanatını görmüşken, neyleyim artık yalancı güzellikleri? Senden gayrısı yok Allah'ım, Senden sonrası yok, Senden öncesi yok. Ben doğdum da geldim, ben, ben dediğim dillerimi Sana yaktım da Sen, Sen diye geldim.

Sen, Sen diye susadım da bir bardak içmeye geldim... Bu kabz hallerinde artık diyeceğim ki, "Neye yaklaşsam sonu uzaklık ve yok Allah'tan başka bir yakınlık. Madem benim kalbimi bilen Allah'tır, o zaman kalbime tedaviyi yine yapacak olan Allah'tır. Allah beni daraltıyorsa, kalbimin ferahlaması için *'Fe inne meâl usri yusra, İnne meâl usri yusra' (İnşirah Suresi 5/6)* diyeceğim ve Allah'a tevekkül edeceğim. Allah, inşallah sabredenlerle beraber; Allah, inşallah benimle beraber."

"Şüphesiz güçlükle beraber bir kolaylık vardır.
Gerçekten, güçlükle beraber bir kolaylık vardır."

Allah'ım Sen ileride bana acı verecek insanları soluma da yoluma da düşürme!

Âşık Değilsin, Sadece Hormonların Devrede

Geceler vururken saatin umarsızca geçen seslerine, aklıma ansızın geliveriyor, hani kâbustan uyanır gibi koşarsın ona ama ne fayda koştuğun, el uzatacak mıdır sana? Sahi uzatsa, sanıyor muydum ki tutabileceğim? Kayıp giderken zaman avuçlarımın arasından, harmanlanmış bir buğday tanesi gibi gerçekten tutabilecek miydim? Belki bir omuzdu arayışım, belki bir güven, belki bir cesaret, belki de bir tutam belki, belki...

Saatler vururken içimin yarısına, aynı sızı yokluyor beni. Yaraya tuz basar gibi sızlatıyor. Sahi nasıl geçerdi bunların sancısı? Başka bir çift göz, başka bir omuz, hayır, hiçbiri olamazdı. Benzetmiyordum da diğerlerine, sanki bu daha başkaydı. Beni anlayan, benim parçası olduğum biri olmalıydı. Zaten ayrılıklar da hep böyle değil miydi? El sallardım dibi yosun tutmuş denizlere dalan bir sandalın arkasından. Üstelik kırık bir köşesi, rengi de solguna çalmışından. Gidenler durmazdı, gelenleri de zaten ben istemezdim. Öyle sanırdım yani, yelkovan akrebi sabaha karşı uykusundan uyandırmadan önce. Uyandım, gülüşümde kırık bir papatya sapı ile. Solgundu papatyam, güneşi mi az gelmişti? Hayır, yerini beğenmemiş olmalı. Sarısı biraz rengini bozuğa çalmaya başlamış eksik gülüşler kıyısında papatya gülüşümden sarıldım kendime, en kırık yanımdan. Tam yanına kırık sapıyla bir soru düştü. İlk ayrılığımı hatırlıyor muydum? İlk sızımı? Peki ya kalbimin ilk atışını? Belki bir el, belki bir iş, belki bir arkadaş, ne fark eder, ayrılıklar işte, hepsi ayrılık değil miydi kalbimde kendine bir metre yer tutmuş, sağa sola durmadan dolanan? Aynı sancıda gönlümü durmadan kazıyan duran... Belki bir otobüs durağında, belki bir tren garında, belki de ansızın aynaya baktığımda. Kaç çizgi oluşmuştu ürkek yüzümde? Hayır, çokbilmiş aklım, ondan bahsetmiyorum. Rabbim için, rızasını kazanırım diye kaç çizgi oluştu yüzümde! Kaç gece uyandım ansızın uykumdan cehennem ateşlerini görüp, "Rabbim, vallahi Sen'den başkasını istemem" diye kaç sancı geçti üzerimden? Kaç sancı yordu o kan pompalayan kalbimi? Hani bir çift göz hayal ediyordum, ona baka baka, haram sevdamda kirlete kirlete gözümün nurunu. Söylesene kaç gece iman hakikatlerinin sancısını çeke çeke ruhumda doğurdum devalarımı?

İlk ayrılık demiştim, bu böyle olacaktı, bedenimden bile ayrılacaktım bu dünyaya el sallarken. Sallayabilecek miydim güle güle? Yoksa toprak olsaydım da yapmasaydım bu hataları, yapmasaydım diye dövecek miydim dizlerimi? Dizlerim, ah dizlerim ama olmayacaksın ki, bırakmış olacağım ben seni mezar içine çürümen için. Bakmalara kıyamadığım bedenim o böceklerin yemi olurken ne kadar da değersiz görünüyorsun gözüme. Kaç kuruşmuş ki beden elbisem? Kalk çokbilmiş aklım, bak aynaya kim var yüzünde, kim var gözlerinde? Ben sormamış olsam da sana, bir gün zebaniler yapışacak yakana, kim bu gözlerindeki yabancı diye. Görebiliyor musun aynalarda Rabbini, hani yirmi sekiz günde bir bedenini yenileyip sana özel parmak izini aynı bırakan Rabbinin o benzersiz sanatını görebiliyor musun? Evet, senden bahsediyorum biricik içimin kuytuları. Aklımın bu satırları senin için, değerini bilmen için. Ben cehennemin odunu olacak kadar vaz mı geçtim senden? Cevabım ne olursa olsun önemli değil, biliyor musun, Rabbim benden vazgeçmedi. Vallahi vazgeçmedi, O'dur bu satırları gönül aynama gül kokulu bir heybede sunan. Bak parmaklarıma, o izden bir tane daha yok şu koca kâinatta. Artık hayatım giriş, gelişme ve hayırlısı bölümünden oluşurken kaldır istersen taşların altını, dağların denize dökülen yamaçlarını gez, okyanusun dibinde inciler arasında ara, bulutlara dokun istersen belki bir kuytuda... Hayır, hayır bulamayacaksın benim Rabbimin bir tanesi. O (cc) yeter bana. Düştüğümde, kalktığımda, aldığım her nefeste O (cc) yeter bana! Düşsem tutar gibiydiler yamacımda dururken hayatımı adadıklarım. Düştüm ve gittiler. Yere çarpmanın acısıyla dilimden bir anda "Allah" kelimesi döküldü. Bilinçsiz ama dopdolu. Tuttu ve kaldırdı, yaralarımı sardı, bir daha da düşmedim, bir daha da aynı yerden iki kere kırılmadım çünkü düşeceğim yeri en iyi Rabbim biliyordu, çünkü O beni her zaman kaldıran Rabbimdi.

Ey sessiz diyarım, ey asık kalbim, hadi gel ruhumun sessiz yamaçlarında bir gezintiye çıkalım seninle. Sancılarla yoğurmama izin verdiğin ruhumu bırak şimdi özgürce, bir nefes alsın, çok yoruldu, hakkıdır değil mi? Sessiz ama yemyeşil, huzurla bezenmiş bir gezi bu. Adım adım, nefesimizi yormadan. Bak, köşede bir yerlerde ilk kırgınlığım duruyor, hani şu kimselere anlatmadığım, anlatamadığım o ince sızım, işte onu Rabbim gördü, onu Rabbim duydu. Haklıydım belki de o gün, acımasızca kırmışlardı beni ama biliyor musun, eğer ben cenneti elimin tersiyle iten bir ahmak olmazsam, cennetime bir nimet gönderdim. Çok heyecanlı değil mi kalbim? Öyle tabii nasıl da çarpıyorsun şimdi, elmacık kemiklerimin kızarıklığı da senin çarpıntılarının sonucu. Ama acele etme, ölünce, ahirete gidince o beni bulacak. Adım adım ilerleyelim... Duyuyor musun kuşların seslerini, nasıl da huzur veriyor yarım kalmışlığıma, işte o gün Rabbim için vazgeçtiğim o günahın karşılığında Rabbimin bana ikramı. Sahi, kuşlar yolunu nasıl buluyordu? Yörüngelerini kaç kuruşa almışlardı, nereden almışlardı? Nereden biliyorlardı böyle uçmayı? Hisleri miydi bulduran yolunu? Arılara ilham veren kim ise kuşlara da yolunu bulduran O'ydu! Tasalanma, O (cc) içimin sessiz sularına da yolunu bulduracak. Şuradaki küçük bulut benim ilk gözyaşlarımı mı yağdırıyor? Hani kimsesizim dediğim o gecenin damlaları mı bunlar? O bulutun hemen arkasından çıkan güneşte Rabbimin şah damarımdan daha yakın olduğunu hissettiğim âna ait olmalı. Benim bu gökyüzü, kaldır kafanı bak! Rabbim, ben mest olayım diye direksiz tutuyor bu güneşi, bu ayı, evet, bu yıldızları da. Kaç metre uzaklığında seccadem? Ne kadar yalnız olabilirim ki bu fikrin ortasında. Dokunamamak, görememek yalnızlık mıdır? Bir annenin ilk heyecanını düşünüyorum da, içindeki o minik ayakların varlığını. Görmez bebeğini, duymaz sesini, neye benzediğini dahi bilmez. Ama artık şu hayatta ondan kıymetlisi yoktur, olamaz da. Canını düşünmeden feda edeceği bir can taşıyordur. O yüzdendendir, insan vücudunun taşıyacağı acı birimi en fazla kırk beş del iken, doğum anında, Allah'ın ayakları altına cenneti serdiği kadının elli yedi del acıya, yani tam olarak aynı anda yirmi kemiğinin kırılmasına eşdeğer bir acıya dayanabilmesi. Şimdi hatırladın mı ilk ayrılığımı? İlk göbek bağımın koptuğu anla ayrıldığım o insanı, annemi. Oysa ben o ilk ayrılığın doğumuyum, ilk nefes alışım, ilk görüşüm, ilk koku alışım, ilk duyuşum, ciğerlerime dolan ilk hava... Ayrılığım hayata dönüştü çünkü Rabbimden gelen kutlu bir emirdi. Kaynağı Rabbimde olan bir şey nasıl ayrılık olabilirdi ki? Sevme kabiliyeti Rabbimin bana bir emri iken, nasıl sonu olabilirdi bu sevginin? Ancak değişebilirdi, ancak dönüşebilirdi. Tıpkı bir iguana gibi. Rabbim de yeryüzüne paylaştırdı gölgesinden bir sevgiyi. Dağıldı yeryüzüne ve ben biliyorum ki, nereye elimi atsam onu hissedebilirim. Bak papatya kırığı gülüşlerim, şimdi sağ elimi sol elimin üzerine koyuyorum, lütfen sen de dene. Kaç saniyemi aldı bir elimi diğer elimde hissetmem? İşte o kadar bile uzak değilim Rabbime, işte ondan daha yakınım, işte her şey ondan daha gerçek.

Ben yalnız yaşayabilecek bir varlık olarak yaratılmadım, işte bu yüzden etrafıma insanları bir bir dizen Rabbim, bana sosyal olma güdüsü verdi. Toplar mısın kırık gülüşlerini artık? Bu yüzden sürekli birileriyle iletişim halinde olma çapam, birilerine sürekli ihtiyaç duymam. Allah (cc) bu olguyu, benim fıtratıma yerleştirmiş. Bundan dolayı, yeni başladığım bir okulda, yeni başladığım bir işte, yeni taşındığım bir semtte ilk andan itibaren kendime uygun bir arkadaş ve çevre arayışına giriyorum. Sen de haklısın, çoğu zaman arkadaş ya da hayat yoldaşı seçme yolunda yanıldığımı, acı çektiğimi sen de yaşıyorsun benimle. Hatta sevmek için elimi uzattığım o kedinin patilerini etime geçirdiğini hissettiğimde bile. Oysa sevmek, mutluluk verici bir duygu değil miydi? Kimse zaten acı çekmek için sevmezdi. Bir bunu anlayamadım, bir de yok dedikten sonra hiç mi yok denmesini. Peki ya, neden kişi sevdiği şeylerden elem duyuyordu? Burada sanırım öncelikle aşkı anlamam gerekiyor, bir yerlerde tanım hatası yapmış olmalıyım. Ancak aşkın da tek bir tanımı yoktu ki, farklı kültürlerden insanlara sorduğumuzda alacağımız cevaplar da birbirinden çok farklı olacaktı ya da aynı kültürdeki insanlara sorduğumuzda alacağımız cevaplar birbirinden farklıydı. Kimi dünyayı anlatacak, kimi eşini, kimi evladını, kimi parayı, kimi de haram aşkını çünkü kişi neye karşı muhabbet besliyor ise onu aşk sayacak ve bana ondan bahsedecekti.

Genelde aşkın bağlantılı olduğu organ olarak kalp sayılırdı, ancak insan sadece kan pompalayan kalbiyle mi sevebilirdi? Başrolü yine çokbilmiş alıyordu. Ah kırık gülüşlerim, meğer vücudumuzdaki bazı hormonların etkisi bizim görüşlerimizi fazlasıyla etkiliyormuş. Buna, "kalp attığı için mi sever, sevdiği için mi atar" sorusuyla yaklaşabiliriz. Yani karşı cinsten birini beğendiğimi düşündüğüm anda beni bu ruh haline çeken birkaç hormon varmış aslında. Mesela dopamin hormonu sinir hücreleri arasında iletişimi sağlayan çokbilmiş beynimde salgılanan bir hormonmuş. Bu hormon ile mutluluğum, davranışlarım, hafızam, ruh halim, karşı cinse karşı tutku ve saplantım tamamen etkileniyormuş. Beyaz çiçeklerin arasında turuncu uçurtmamla koşar gibi. Ancak bunun aşırı olması, akıl sınırlarının dışına çıkarak çokbilmişin delirmesine yol açabilirmiş. Demek bu hormonun salgısını dengede tutan kim ise bizi en iyi bilen de O olmalı. Serotonin hormonu ise bana kendimi daha iyi hissettiriyor, oksitosin hormonu da şefkat ve hoşgörü duygularımı tetikleyerek artırıyormuş. Benim de böylece karşı cinse daha çabuk güvenebilmeme yol açıyormuş. Demek o yüzden kimseye güvenimin olmadığını söylediğim anlarda bile bir anda karşı cinsten birine aşırı güvenim oluşabiliyordu. Ne yani, sebebi sadece bu hormonun salgılanması mıydı, diye acı bir tutam kaçtı gözüme. Bunlar gibi olan ve benim asıl kalp atışlarımın hızlanmasına sebep olan, avuçlarımı terleten, yanaklarımı küçük elma şekerlerine çevirip kızarmasını sağlayan noradrenalin hormonu, bu hormonun salgılanması ile midemde uçuşan kelebekler olduğu fikrine kapılıyormuşum. Pardon bakar mısınız, iki porsiyon serotonin lütfen! Midemdeki kelebekler öldü de... Sadece hormonlar değil, çevre, ortam, içinde bulunduğum şartlar da karşı cinse olan duygularımı etkileyebiliyormuş meğer. Mesela bu hormonlar kişinin ruhen yaşadığı zor zamanlarda, felaket anlarında, insanda bazı travmalara yol açan olumsuz durumlarda olağanüstü bir artış gösterdiği için, böyle zamanlarda benim karşı cinsten etkilenmemi çok daha kolaylaştırıyormuş. Yani felaket anında âşık olma olasılığım, ay ışığında, yağmur altında yürüdüğüm, gözünün yanından gülüşüne iki kır bahçesi beni düşen ona âşık olma olasılığıma göre daha yüksekmiş. Ah kırık gülüşlerim, güven duyduğum birinin benim zor zamanımda yanımda olmasından dolayı artan hormon salgımdan kaynaklandığını düşünmüş müydün? Nereden bilebilirdim ki bunu! Barları, eğlence merkezlerini de hesaba kattığımızda, insanların burada birbirlerinden etkilendiklerini sandıkları kişiler tamamen ışıkların, ses sistemlerinin ve sahne düzenlerinin hormonlarına etki eden bir oyunuymuş. E devamlı kalbimin köşelerine fısıltılarıyla gelen sinsi hoyratları da anmadan geçemiyorum burada.

Peki, şimdi ben değil hormonlarım mı sevmişti onu? Bu sevgi hormonluydu. Hey kalbim, bakar mısın bir dakika? Geceler boyu hayaline şiirler yazdığım, onsuz olamam dediğim, çok sevdiğimi söylediğim ona bir daha bakar mısın? Tamam tamam çokbilmiş, kabul ediyorum, vicdanımı da ortaya koyarak düşüneceğim. Hani seviyordum ya, hani o olmadan yaşayamazdım, hani o benim her şeyimdi, hani gecelerin rengi griye dönüşürdü o olmazsa, aynı kişi 20 kilo fazla olsa, aynı kişinin saç rengi farklı olsa, aynı kişi insanların gözünde çirkin olsa, hâlâ aynı gözle bakabilecek miydim? Aynı kişiyi şimdi sevebildiğim gibi hâlâ sevebilecek miydim? Aynı kişiye bu derece âşık olabilecek miydim? Söylesene kalbim, sen mi sevdin? Eğer cevabın hayır ise, kusura bakmamalıyım, ben âşık değilmişim, sadece hormonlarım devredeymiş! Oysa bedenler çürüyüp gidecek, ruh kalacaktı, anlayamadım. Allah'ım, Sen ileride bana acı verecek insanları soluma da yoluma da düşürme ne olur...

Sevgi emek ister, çünkü sevgi Allah'ın emridir. Sevgi yürek ister, çünkü yüreği Allah yaratmıştır. Aşk, şiddetli bir muhabbet ama bu zamanda işportacıların eline düşmüş ikinci el tutmamış bir kitaptan başka bir şey değil! O tarz kimindi bilmiyorum ama bu farzlar hepimizin. Ben ise yukarıdan bakılınca okuma bilmeyen bir bilim adamıyım. Elime tutuşturduğum kalemler ciğerimi çizmiş de çizmiş. Yanık kokusunu alabiliyor musun sen de? Okuma bileni hep arar dururum, sonra belki de bulurum. Ama o bulduğum okuma bilen de âmâ, yani kör biri olur. Su ararken tuzlu su içmek gibi. Genzim yandı resmen... Hayal kırıklığına uğrayan yine ben olurum. Zannederim ki ben aşka bir türlü ulaşamıyorum. Ya da kim bilir belki de aşk benden kaçıyordur, bunu nereden biliyorsun? Belki de kirli ellerim ile ona dokunmamı, onu kirletmemi istemiyordur. Ve asıl sahibini bekliyordur, ben ise bu durumda istenmeyen misafirlerin, istenmeyen nasır tutmuş kalbine sahip biri oluyorum. Ah kalbim, o kadar nasır tutmuşsun ki hiçbir şey hissedemeyecek bir haldesin. Karşımda bir ayna çarpıyor gözüme, en arsızından. Bak nasıl da söyleniyor, kalpleriniz dünyayı görmüş ve aşk demiş, paraya dokunmuş aşk demiş, makama tutulmuş aşk demiş, işe tutulmuş aşk demiş, harama tutulmuş ve yine aşk demiş, diye. Aslında haksız sayılmazsın, hem daha iyi biliyor olmalısın her gün baktığın yüzler arasında çünkü nasır tutmuş kalplerimiz ve gerçek aşkı hiçbir zaman hissedememişiz. Buluta dokunmuş da suyu çıkmış gibi, çıkmış da çölün ortasında susuz kalmış gibi, nasırlaşmış et parçası haline dönmüş kalplerimizle hissedememişiz işte.

İnsan, yaratıldığı günden bu yana hep bir şeyleri sevmek istiyor, bazen âşık olmak istiyor çünkü yüreğinde söndüremediği bir ateş var, gelgelelim benim de söndürmek aklımın ucundan bile geçmedi zaten. Ne kadar acı çekersem çekeyim, yeniden sevme gayreti içerisindeydim çünkü Allah bana sonsuz bir sevme kabiliyeti vermiş. Nasır da tutsa soruyor işte kalp, sonu olan bir dünyada sonsuzu sevebilmek mümkün mü diye. Demek bizim sevme sandığımız her şey, Bir şeyin gölgesinden ibaretmiş. Tüm mesele bunu kontrol altında tutarak doğru yola yöneltmek. Hem kimse sevmese de olurdu, Rabbim beni sevip yarattıktan sonra. Ölürken aklımda kim var ise O'na âşık olarak terk edecektim dünyayı. Vücudumun dörtte üçü "Hayırlısı" olmuş iken şimdi kendime diyorum ki, haramlara doğru bağrına kocaman bir La Havle çek ve yürü! Bir bebeğin elleri, ayakları, ciğerleri ya da kalbi doğduktan sonra değil, daha anne karnındayken oluşur. Bunun sebebi, geleceği âlemde, yani dünyada kullanmak için gerekli olan her şeyin ona daha anne karnındayken verilmesidir. İşte Allah da sonsuz bir ahirette kullanmak üzere bizlere sonsuz bir sevme kabiliyeti vermiş. Onun için korkmana gerek yok kalbim. Sevmek istemen veya âşık olmak istemen kadar normal bir şey yok çünkü Allah zaten sen sev diye sevme yeteneğini benim içime yerleştirmiş.

Evet, sevelim, sevelim ama neyi sevelim? Bana bir sevme organı verilmişte ben bu kalp ile neyi seveceğim? Nasıl seveceğim hiç aklıma gelmedi ki. Sonra kendini kaybetmiş serseriler gibi önüme geleni sevdim. Kendini kaybetmiş serseriler gibi acı çektim afili bir yalnızlık içerisinde. Aşkı, sevgi ile acı uyumlu olduğu bir duygu haline getirdim. Acısını da hep ben çektim ve bu işten bir türlü kurtulamadım. Elimizde değil, her şeyi seviyoruz. Bazen gönlüm dünyaya sığınıyor ve kâinat okyanusuna doğru çıkıyorum. Oralara bakıyorum, acaba oralarda sevmeye değecek bir şeyler var mı diye. Bulamıyorum... Bir vagon camından izlediğim gül bahçeleri ahenginde her seferinde olur sanıyorum, oysa işin sonu başka bir yere varıyor. Herkes gitmiş de bir ben kalmışım, cam kenarına silik bir suret yansımış gibi. Öyle çok dem vurmuşum ki onunla ilgili kalbime, kendime, yaratılışıma öyle uzaklaştırmışım ki kendimi, işte bu yüzden, neyi sevsem, severken hep bir eksiklik hissediyorum. Ya ben fazla seviyorum, ki öyle, ya da karşı taraf sevgime değmiyor. Fark ettiysen, çok sevebiliyorum, insan olarak yani çok sevebiliyoruz. Hatta sonsuz sevebiliyoruz. Ancak biz bunu fani ne varsa orada kullanmak istiyoruz. Sonrası mı? Sonrası işte hüsrana giriftar olmak. Ondan dolayı bu sonlu insanlar benim sevgimi karşılayamadıkları için ikimiz de üzülüyoruz.

Madem sonsuz sevebiliyorsun kalbim, demek ki aslında işin aslı şu ki, yalancı, hain dünyada sevgime değecek birini arıyorum ama maalesef bulamıyorum. Sana bir haram teklif edildiğinde reddedebiliyorsan en güzel helaller senin olsun güzel kalbim. Aşk olgusunu subliminal bir sistem içerisinde öyle çok hayatımıza taşımışlar ki, her şiirde, her romanda, her dizide, filmde, şarkılarda, hatta reklamlarda içimize öyle işlemişler ki, her şey bize tek bir mesaj veriyor, aşk! Bu yüzden hayatımın her anında, karşı cinse haram bir aşkım olmazsa olmazmış gibi davranıyorum. Oysa baksana kalbim, aşkta bir karşılık var, şefkat gibi değil. Onu severken mutlaka kendimin de sevilmesini istiyorum, ilgi bekliyorum. Ne sırıtıyorsun hemen alay eder gibi, istemedin mi sevilmek? Beklemedin mi ilgi? Ama unuttuk işte her şeyin zıttına dönüştüğü, dünyada fazla sevmenin de getirdiği terslikler vardı ve ben yine unuttum. "Ben sevmekten başka ne yaptım!" sitemleri tam da burada karşılık buluyor değil mi? Sevmenin şiddeti arttıkça kusurlar da ortaya çıkmaya başlıyor, şiddet arttıkça sevgiler de nefrete dönüşüyor. Dinimizin de şiddetle ölçülü sevme ve buğz etme konusunda uyarmasının sebebi, benim zarar görmemi engellemek istemesinden. Mesela fazla kaynattığımız su hiç de o kadar sıcak gelmez. Hani demlersin çayını, dalmışsındır bir işe, kaynamış da kaynamıştır, gidersin bir bardak çay koyarsın kendine, kurulursun cam kenarına, dumanı sallanırcasına bardakla dans ederken bir yudum alırsın, ama soğuktur o çay, artık zıddına dönüşmüştür. Birini haddinden fazla sevince de bu durum zamanla boyut değiştiriyor, nefrete dönüşüyor. Bak kurnaza bak, çokbilmiş, hemen de nasıl aklına geldi değil mi çok sevip nefret ettiklerim. Bu sence de şey gibi değil mi, hani elimize aynı ölçü ve kap içerisinde sıcak su ve soğuk su alsak, sıcak su, soğuk sudan daha hızlı donacaktır kaidesi gibi. Hatta bunu uzun yıllardan beri gözlemleyen Kanada halkının arabalarını soğuk suyla yıkamayı tercih etmelerinin sebebi de buymuş. Tamam, bunun konumuzla doğrudan bir ilgisi yok ama nasıl da senin sevmelerine benzedi değil mi kalbim?

Bazen karşımda bir hoca edasıyla sallanırken sen çokbilmiş, düşmem sanıyorum. Bir yerlerden yine bir şeyler söylersin sanıyorum. Ama neredeydin kalbim parçalanırken? Haklısın, seni hiç dinlemek, duymak istemedim ki! Bana, yapılan birçok araştırmaya göre aşkın bir ömrü olduğundan, bunun da ortalama olarak iki buçuk yıl sürdüğünden bahsetmiştin. Ne yani, iki buçuk yıl için miydi benim bitmez sandığım sevgim? Kamera şakası mı bu, nereye el sallıyoruz? Hatta kimi araştırmalar bunun bir yıldan ibaret olduğunu savunuyormuş. E hani benim sonsuz bir sevme kabiliyetim vardı, nasıl oldu da birkaç seneye sıkıştırıldı bu duygu? Bu, olsa olsa benim sonsuz sevme kabiliyetimi fani şeylere harcamamın, her şeyin bir ömrü olduğu gibi bunun da sonunu getirmesi demektir. Yani ben hâlâ aşkı yanlış kapılarda arayan bir bilinmezim, o an fark etmesem de ruhumu öylc çok sıkmışım ki, amacından saptırıp bana depresyona dönüşerek geri gelmesine sebep olmuşum. Tatlının içine limon sıkmış gibi, çaya tuz atmış gibi, sabah sirke içmiş gibi, hatta kalbim senin duyguların gibi...

İbrahim (as) da sevgisine değecek bir Zat'ı arıyordu. Tıpkı benim gibi. İlk yıldızlara bakıyor ve benim Rabbim budur diyordu. Sonra yıldız kayınca, ben batıp gidenleri sevmem diyordu. Sonra bir yerde ayı görüyor ve benim Rabbim budur diyordu, ay batıyor ve ortadan kaybolduğunda İbrahim (as) yine, ben batıp gidenleri sevmem diyordu. Sonra güneşi görüyor ve İbrahim (as) yine ben batıp gidenleri sevmem diyordu. Sonra o yıldızların da, ayın da, güneşin de sahibini buldu ve benim Rabbim budur dedi çünkü O'nun Rabbi benim de Rabbim gibi (haşa!) batanlardan değildi. Bu durum bana ne kadar çok benziyor değil mi? Biri karşıma çıkıyor ve evet, ömrü hayat sürdüreceğim bu diyorum ama o da batıp gidiyor. Ve ben yine batıp gideni sevmiyorum. Ve başka biri çıkıyor, işte aradığım tam da bu, diyorum ve ardından o da batıp gidiyor. Ve ben yine Lâ-uhibbü'l-âfilîn diyor ve batıp gidenleri yine sevmiyorum. Ve sonra biri daha çıkıyor ve diyoruz ki, evet, artık bu, hem namazı da var, orucu da var, beni sabah namazına da kaldırır, evet bu batmamalı, batmayacak diyorum harama giriyorum ama bir gün bir bakıyorum, o da batmış gitmiş. Üstad Bediüzzaman Said Nursi dediği gibi, *"Aşk, şiddetli bir muhabbettir. Fâni mahbuplara (gelip geçici sevgilere) müteveccih (yönelik) olduğu vakit, ya o aşk kendi sahibini daimî bir azap ve elemde bırakır. Veyahut o mecazî mahbup, o şiddetli muhabbetin fiyatına değmediği için, bâki (devamlı, kalıcı) bir mahbubu arattırır; aşk-ı mecazî (geçici ve sınırlı güzelliklere karşı duyulan sevgi), aşk-ı hakikîye (güzelliğin ve sevgiye layık her şeyin gerçek sahibi Allah'a) inkılâp eder. İşte, insanda binlerle hissiyat (hisler) var. Her birisinin, aşk gibi, iki mertebesi var; biri mecazî, biri hakikî."*

Kırık gülüşlü yanım, hatırlasana, bize İbrahim Peygamber'den (as) bir miras kalmıştı. Biz de İbrahim Peygamber gibi batıp gidenleri sevmiyoruz. Şimdi o yanıma yakıştırdığım haram sevdama dönüp bakıyorum da elli kilo fazla olsa, çirkin olsa ve aynı kişi engelli olsa yine de sever miydim diye. Seversem amenna, problem yok da, işte... Ama sevemezsem unutma diye bağırıyor çokbilmiş, siz birbirinize âşık değilsiniz, sadece hormonlarınız devrede! Susar mı hiç, açtı bir kez ağzını, "Biz birbirimizi sadece Allah'ın rızası için seviyoruz" diyorsan da Allah'ın emrini uygulayın ve birbirinizi ateşe atmayın, diyor. Birbirinizden uzak durun! Allah'ın rızası için sevmek demek her şeyin ikinci planda kalması demek, haklısın yine çünkü biliyorum ki karşımdaki insan Rabbimdeki sevginin gölgesinin gölgesinin gölgesi... Bu yüzden hep ikinci sırada olmalı. Önceliğim her zaman Rabbimin emirleri. Ama sevgili çokbilmiş, peki ya adım adım beni takip eden nefsimin meraklı zırvalıkları ne olacak? Dünyaya dalmışçasına koşarken benim bedenimden aykırı hareket eden halleri ne olacak? Onunla sevince iş bambaşka bir hal alıyor. Gündüzüm, gecem tek bir şeyde takılıp kalıyor, çünkü bana hâkim olan duygularım değil ki, artık yerini nefsim almış oluyor. Önce en sevdiğim tatlı gibi geliyor ama birkaç lokmadan sonra artan şeker yoğunluğu vücut dengemi sarsarak belki de sebebini bilmediğim ruh değişimlerine atıyor. Artık suya ihtiyacım var. Artık sancılı günlerim başlıyor ve ben buna hemen önlem alamıyorum daldığım bir haram sevda içerisinde. Oysa gerçek sevgi insanı nasıl sıkıntıya sokabilir? Su içtiğim bardak değişti diye su değişir mi sanıyorum?

Çokbilmiş eline bol köpüklü kahvesini almış, pencere dibinde sallanıyor aklımın bir ucundan diğer ucuna. Rabbimizi anlattığımızı düşünelim, diyor, tanıyabildiğimiz kadar konuşabiliriz ama bu hissi asla tarif edecek bir kelime bulamayız. Peki ya açıkça işlenen haram sevdalar tuzağındaki kalplerin neden hiçbir çekincesi kalmamıştır, şimdi anlayabiliyor musun ulu orta servis edilen o aşk tezgâhlarını, diye başkaldırıyor. Bak kalbim, çokbilmiş pek bir kızdı bize. Eğer sevdiğimi söylediğim kişinin kusurlarını görebiliyorsam ve buna kızarak, uzaklaşarak, değişik ruh halleri sergileyebiliyorsam, sen sevmiyorsun demekmiş, nefsim sana, yani haliyle bana oyun oynuyormuş! Allah rızası için sevdiğim bir insanın kusurları bana, maddi gördüklerimiz manevi hatırlatıcılardır sırrıyla ancak Kusursuz bir Allah'ı hatırlatmalıyken, benim tek ilgi alanım artık karşımdaki insan olmuş. Ben de artık sebepler oltasına takılan bir balığım. Kanca boğazımı yırtmış da yırtmış.

Karşı cinse duyduğun ilginin seni nefsinin isteklerine sürüklemesine izin vermemen gerekir diyor çokbilmiş. Sonradan duyduğum pişmanlığın sebebi sadece hormonlarımın etkisiyle hareket etmemden kaynaklıymış falan işte. Hak veriyorum istemsizce, tıpkı öfkelendiğim anda düşünerek hareket edemediğim için öfkemin çokbilmişin önüne geçmesi sonucu sonradan duyduğum pişmanlık gibi.

Güzeli sevmek insanın hammaddesine ince ince işlenmiş bir duygu. Bu yüzden gönlümün güzele meyli. Ama her güzele de olmaz değil mi? Bak çokbilmiş, şimdi sen otur da ben sana anlatayım. Meylim var güzele ama bak bu güzellikler üç çeşit: Zahiren güzellik, netice itibari ile güzellik ve hakikaten güzellik. Zahiren güzellik görünüşteki güzellikten oluşmakta, netice itibari ile güzellik sonuç itibari ile güzel olan, mesela hasta iken içmiş olduğum ilaç sonuç itibari ile güzel oluyor. Üçüncüsü ve sonuncusu ise hakikaten güzellik, yani Allah'a ve ahirete bakan güzellik çeşidi ki bu, şer tohumlarını da kapsar, böylece Mü'min ile münafığı birbirinden ayırır. Bizler fıtraten zahiren güzelliğe önem veren insanlarız, zaten bunu önemsemesek kedi ile fareyi sevmek ve beğenmek arasında bir farkımız kalmazdı. Senin de söylediğin gibi, şeytan da tam burada olaya dâhil oluyor, gözümü zahiren güzellikler ile boyayarak nefsin yedi mertebesinden ilk mertebesi olan nefs-i emareye, yani kötülüğü emreden ve bundan pişmanlık duymayan, aksine zevk alan nefse daldırarak gözüme perdeleri indiriyor. Nasıl, dersime çalışmış mıyım çokbilmiş? Hay aksi, bir soru sordum, bin soru doğurdu zihnimde. Biz şimdi birbirimizi Allah için mi seviyoruz? İsrâ Suresi 32. ayetinde "Zinaya yaklaşmayın!" diyen Rabbimin rızası için mi seviyorum? Dikkat ediyorum, tam da buraya, Allah zina yapmayın demek yerine zinaya yaklaşmayın diyor. Demek ki bana daha önceden bir uyarı geliyor. Bunu ateşe dokunma ve ateşe yaklaşma uyarıları ile düşünür isek, içerisinde şefkat barındırdığını görebiliyorum. Kişi sevdiği insanın Allah huzurunda hesap verme sebebi olmak ister mi? Hayır, ben istemiyorum. Bana haram olan bir kişinin kıldığı namazlar, hatta beni sabah namazlarına uyandırmasının da haramı pembeye boyamaktan başka bir açıklaması olmuyor haliyle. İslam'ın içine sokularak meşrulaştırmak istediğimiz bütün haramlar aslında aynı. Diğerinden hiçbir farkı yok, sadece yön ve fikir değiştirmiş oluyorum. "Onun inançlı olmasını seviyorum", "namaz kılmasını ve beni de namaza kaldırmasını" gibi gibi bütün bahaneler pembe lensimin beni yanıltmasından ibaretmiş. Artık uyan kalbim, burada da şeytan aynı sözlerle yakalıyor seni. Sadece biraz değiştiriyor, "Baksana ne kadar da dinine düşkün biri, ne kadar da aktif dininde, baksana neler de biliyor!" Sonra bir bakıyorsun, Allah'tan onu isterken artık onun belasını istemeye başlamışsın. Doğru! Allah'ım onu bana nasip et derken, Allah'ım onun belasını ver demedim mi? Ne kadar da doğru... Rüzgâr ile fırtınayı birbirine karıştırmamalıyım. Sevgi canımı acıtmak olmamalı. Renk renk güllerin, çeşit çeşit çiçeklerin olduğu bir bahçede hayal ediyorum kendimi. İçerisinde ilerlerken her birisinin kokusu, rengi, şekli beni mest ediyor. Oradan bir tane koparıp solduracağım çiçek midir sevdiğim, yoksa her gün o bahçeye gidip suladığım mı? Buz dolu bir kova ensemden aşağı inmiş gibi ürperdim. Ne kadar da doğru yerden sormuştum soruyu. Ya cevabı? Verebilecek miydim doğru cevabı kendime. Ben neden hâlâ haram bir sevda içerisinde sevdiğimi söylüyordum ki? Birbirimizden uzak durmadığımıza göre, biz birbirimizi maalesef Allah için sevmiyoruz! Üstüne üstlük, bu hal diliyle Allah'a adeta Sen'in söylediklerin umurumda bile değil Rabbim demiş olurken! Biz birbirimizi Allah için sevmiyoruz! Evet, sevmiyoruz, sevseydik uzak dururduk. Gerçekçi olmamı söylüyor hep çokbilmiş, haklı değil mi kalbim? Gerçekçi olursak biz evlenebilecek miydik sanki? Gerçekten, Allah izin verir miydi evlenmemize, bize zulmeder miydi? Birbirini Allah için sevmeyen bir çiftin evlenince dünyası başına yıkılmaz mıydı?

Allah (cc), kulunun kötülüğünü hiç ister miydi? Bundan dolayı bize hiç kıyar da bizi evlendirir miydi? Haram bir hayat üzerine kurulan hangi sevgi fani dünyada dahi huzur verebilir ki? Unutma, zaman ve mekân sadece biz insanlar için geçerli. Bu yüzden, yirmili yaşlarımızda işlediğimiz günahlar kırklı yaşlarımızda karşımıza dikilebiliyor, eğer tövbe etmemiş isek. Allah için zaman ve mekân kavramları olmadığına göre, O (cc), zaman ve mekândan münezzehtir. Bu yüzden ilahi aşkımız, Allah'a karşı duyduğumuz sevginin bir zaman sınırlaması da yok. Şunu hiç unutmuyorum, aynada hüzün sinmiş gözlerime bakarken, sen de harama girmekte ısrar ediyorsan ne yapalım, "Zarara kendi rızasıyla girene merhamet edilmez, lâyık da değildir" demişti çokbilmiş. Seçim benimdi, Allah bu iradeyi kulu olan bana bırakmıştı. Ama dev bir gerçek kapımda sabahlıyordu. Bir gün ben de batıp gidecektim ve o gün benim elimden de tutan olmayacaktı.

Şu an bir yerlerde helalim beni bekliyor olabilir, değer mi geçici, yalan sevdalarda onu kirletmeye? Değer mi ahirette hesabını Rabbimin huzurunda vermeye! Allah bana onu sevmem için verecek zaten, sahabeler de beğendiler, sahabeler de sevdiler. Hem o sadece misafire çıkartılan porselen takımı değildi ki, onu benim sevmem için gelecekti. İslam'da onu göremezsin, beğenemezsin, öyle görmeden evleneceksin diye bir şey söylemiyordu ki, bu algı tamamen yanlış, aksine, beğenmen, hoşlanman da gerekir derken ben ne yaptım ah kalbim? Ancak bu duyguyu kontrol altında tutmak gerekiyor, İslam da tam olarak bunu sağlıyor. Hatırlasana, Hz. Hatice (ra) de Peygamber Efendimizi seviyor ve onunla evlenmek istediğini söylüyor. Ancak bunu yapabiliriz, bu durumu helalimiz olmasını niyet ettiğimiz kişiye karşı helal bir şekilde yaşayabiliriz. Eğer kendimi kontrol altında tutmazsam bu hayatımın birçok alanında nefsimin beni kontrol altında tutacağı bir silsile olacak demektir. Yasak sınırlarda dolaşmamaya özen göstermem gerekiyor. İlk bakışı Allah bu yüzden haram kılmıyor ama ikinci bakış artık tehlike demek oluyor. Bu yüzden dikkatle bakmamam gerekir ve elbette dikkat çekmemekte. Göz kapakları boşa mı vardı? Sokakta, okulda, işte, sosyal medyada, insanın olduğu her alanda geçerliydi ama ben göz kapaklarımı kullanmayı bilemedim. Sonuçta aynı anneden doğmadığım hiç kimse kardeşim değildi. Eğer karşı cins ile rahatça konuşmamda yenik düştüğüm nefsime engel olmak istemem bir problem teşkil etmiyor ise, aynı şekilde, benim korumam altında olan mahremlere başkalarının bu sebeplerden yaklaşmalarına da karşı çıkmamam gerekir. Mümkün mü, dalga geçer gibi! Oysa fıtrattaki iffet ve ahlak bunu tamamen reddediyor işte. Tabii eğer fıtratımı bozmamış isem çünkü gerçekten iman eden bir kişi başkalarının hayallerini kirletmesine dayanamıyor, başkalarının hayalinde de kirlenmeyi yakıştıramıyor kendisine. Allah'ın bize verdiği işitme, görme ve kuvvetli kalplerin tek sebebi cennetin yolunun anahtarı olması. Veriliş amacına göre kullanmak o yolun kilidini açacaktı ama ben ne yaptım, yanlış anahtarla o kapıyı zorladım! Geçici bir ömrün en büyük sıkıntısı ne olabilirdi ki? Geçiciyse eğer, geçecekse eğer, geçmişse eğer...

Aç gözlerini artık kalbim, sen Rabbin için sevmiyorsun, sen nefsi emmarenin tasmasıyla hareket ediyorsun. Eğer Rabbin için sevmiş olsan, O'ndan daha çok bahsetmez miydin? Rabbin ile daha çok vakit geçirmez miydin? Görmüyor musun ne kadar uzaklaştığını, görmüyor musun ruhunun fıtrattan ne kadar ayrıldığını? Başını başkasının omuzlarında kirletmeye değer mi, ucunda, Rabbinin "Kulum senden razıyım" müjdesi dururken. Seccaden seni orada beklerken senin başka yerlerde kalbini çürütmene değer mi? Sancı varsa, doğum da vardır elbet, yeter ki bırak ruhunu kanatlansın Rabbinin huzurunda. Başka şeyleri sevmekle harcıyorsun kulluğunu, sonra o sevmeye harcadığın vakitlerin üzerine bir de unutmaya. Hani sevgi mutluluk verirdi, sen acı çekiyorsun işte. Bir yerlerde formül hatası yapmış olabilirsin ama bu ihtimali düşünmeye vaktin yokmuş gibi, sen başka yerlerde acını dindirmeye çalışıyorsun. Dur orada, çiviyi sökmek için üzerine çivi çakmak seninkisi. Kafama o çiviler çakılmadan uyanmalısın çünkü ben sonsuz bir sevginin olduğu sana sahibim. Buza su ne kadar yakındı? Uzak değildi ki yakın olsun. Su yok olsa buz da yok olur. Buz, suya ne kadar yakınsa, şah damarım da işte Rabbime o kadar yakın! Vazgeç gönlüm, Rabbin için! Gel bu işten vazgeç ve şöyle dua edelim: "Ya Rab! Ben cahildim, dünyanın rengine kandım. Akan boyası sıvasıdır sandım. Sen beni benimle bırakma! Ben gönlümü kime vereceğimi bilmem, gönlümü Sen'den başkasına verme Ya Rab! Olur da bir gün birini karşıma çıkartırsan, helalim olmayacaksa çıkartma, eğer helalim olacaksa, Seni bana unutturma Rabbim!"

Amin, Amin, Amin...

Ben ona cennetliğim diyeceğim.

Eğer Flört Haram İse Nasıl Evleneceğiz?

Denizin mavisinden gökyüzünün saflığına uzanan hayallerimin içerisinde öyle bir albenili yağmur var ki, ne zaman yağsa onunla uçarım bulutların üzerine. Bembeyaz pamuk şekerinden attığım adımlar içerisinde ne zaman yağsa ben bir ona tutulurum. Çayıma iki şeker atmışım da tatlanmış gibi, yolda ona denk gelmişim de sokağımı kaybettiğim yerde adımlarım kalbimin rotası olmuş gibi. Yaprağın oynamadığı yerlerde kalbimin atışını duyurmuşum gibi. Duygularımdı aslında basit bir çerçeveden bakıldığında benim gökyüzüme kapı açan. Yıldızları da görebilirdim öğlenin bir vakti, çünkü gökyüzü benimdi. Uç ey içim şimdi uçabildiğin kadar, yakamozlardan sarmaşıklara kon ama sakın seni taşıyamayacak dallarda tüketme ömrünü. Düşersen kırılırım, düşersen incitirim ruhumu. Konamadığım dallarda ne bekliyordum ki beyhude bir ömürden başka. İçimin bahçelerinde açmamış tomurcuklarımı mı çürütecektim? Çok olmaya başlamıştım artık, bu da nereden çıkmıştı şimdi, kim isterdi ki çürüyen bir bahçede çürüten bir koku? Bir ben bilirdim uçurum kenarlarının oyulmuş kayalarını, aşınmış taşlarında mesken tutarken, her adımda daha da aşındıra aşındıra. Sert olurdu adımlarım, parmaklarımın izi kanatırdı kıyıları. Tutunursam beyhude bir ömre kıyılar denize yelken olur diye, uçar da konamazdım. Bilirdim, bilirdim de, işte neyse... Sahi, arabada kemer takmak zorunluyken toplu taşıma araçlarında insanların ayakta gidebilmesi ne demekti? Tam da bunun gibi bir istisna istiyorum hayatımda. Bir çatının ücra köşelerine yuva yapmış kuşlar gibi kolay sanırdım, oysa değildi, ucunda meltemler eserken kolay geliyordu sadece sesi. Hazır mısın ey içim, hoyrat dalgaların arasında batan gemiden bir hazine çıkartmaya? Yataktan kalkacak gücüm mü var da seni de böyle gayrete getiriyorum, bilmem.

Masallardan fırlamış bir kahramana mıydı adımlarımın sesi, yoksa bana kendi masalımı anlatacak bir yürek çarpıntısına mı? Zor yerden sordum galiba, "hocam elektrikler kesikti ben çalışamadım buraya!" Ne çok masalla oyalanmıştım gerçeklerin arasında, ne çok oyalamasına izin vermiştim beni gerçeklerimin arasında. Cennet ruhuna sahip bahçelerimi ne çok da yormuştum beynimde zıplayan iki tilki yoluna. Şöyle bir çay molasına sıcak battaniyem arasında ne de çok ihtiyacım vardı. Sarı battaniyem ile ama onun ponponları da gönlüm gibi bir sağa bir sola kaymıştı. O da beni tercih ederdi muhtemelen, sorsaydık eğer. Pek de narin insanlardık aslında, cansız eşyaların bile hakkını savunurken bir birbirimizi mi savunamadık şu yalan dünyada? Bir tilki geçti yine sağdan sola, kafamın yamacında. Ne yani, sen hiç sökülen kaldırım taşına sahip çıkmadın mı? Parklarda çocuk seslerinin süslediği kaydıraklara sahip çıkmadın mı? Haklıyım işte, narin insanlardık ama bir birbirimize kabaydık! Susmuyordu yine, susmak bilmeyen cümlelerim. Şarkılar arasında ne çok çürütmüştüm az önce diri olan kalbimi, hep aynı nakaratı tekrarlarken ruhum artık nasıl da sıkılmıştı. Fark etmedim, fark edemedim...

Bir kitap aldım elime, geçen gün sinirlenince çarptığım kapıdan çıkan gıcırtılar arasında. Değiştirirken sayfaları, sular çarptı taşlara, okyanusun dibinde bir inci açtı kendini, ansızın dalgaların arasına. Habersizdim, bir ben duymadım çünkü beş duyu organım gözünü dikmiş bakıyordu bana hesap sorarcasına. Benim suçum muydu dizilerin, filmlerin arasında çalkalanırken akşamlar, oradaki aşklara özenirken, bir hayali gerçek hayatın ortasına taşımak isterkenki halimin ciddi olması, benim suçum muydu? Doğru akşamlardan aradılar da "dı pörsın yu hef kold ken nat bi riiçd at dı mumıınt pliiz tıray ageyn leytır" mı dedim sanki. Mercan taşını atabilecek miydim kömürlerin arasına? Yapar mıydım bunu! Daha altı-yedi yaşlarında anlamını bilmeden izlediğimiz diziler içerisinde hafızalarımıza kazınmış o kelimeyi hoyratça kullanabilecek miydim? Bir okul çıkışı vakti, dolu gözlerle eve koşup asi bir ergen ruhuyla çantamı fırlatıp, "ben âşık oldum" derken nasıl beynin yıkanmıştı senin çocuk, nasıl görmemişlerdi bunu? Suç sadece benim miydi? Çevremdeki insanlar, "bir sevgilim olmalı, onunla el ele tutuşmayalım, karşılıklı bir masada oturmalıyım, belki bir ara gözlerine dalarım" derken...

Televizyonu açtım, bir "aşk" sahnesi, en cıvıl cıvıl renklerle süslenmiş. Müzik dinledim, en narin sesiyle "aşk" dedi, sokağa çıktım, insanların tek meselesinin "âşık" olmak, "çıkmak, görüşmek" olduğunu gördüm. Başka mesele mi kalmadı, bu mudur demeye imkân vermeden narkozu ağır ağır işlediler vücuduma. Tabii durum böyle olunca, "aşk" dediğimiz mesele bilinçaltıma otomatik olarak kazınmış oldu. Hatta yeri geldi rüyalarımda, yeri geldi başımı dershanede bir masaya koyduğumda, toplantının en can alıcı yerinde onu gördüm. Hayalet gibi! Karşıma dikilmiş iri gözleriyle bakarken bana, yüzündeki benleri hesaplayamayacak kadar utanıyordum. Yok, hayır, sadece bir hayaldi, kalbim bu kadar çarpmamalıydı, kendime gelmeliydim. Aklımdan böylece hiç çıkartamaz oldum. Sebebini sormadım narkozun etkisiyle ama bilinçaltıma muazzam derecede hem filmlerle, hem müzikler aracılığı ile nakış nakış işledikleri bu fikirler bana otomatikman ahireti de unutturdu. Allah'ım affet!

Kalp çarpıntılarım o kelimeyi duyduğu her andan itibaren hızlanmaya başladı, vücudumda bir deprem başlatırcasına bütün çalışma sistemimi değiştirdi. Vicdanım devreye giriyordu tam burada. Öyle yorgun düşmüştüm ki artık, son çıkan ışığı kapatır, diyordum ama öylece bekliyordu vicdan. Gitmemek için ısrar mı ediyordu acaba, sanırım bunu öğrenmenin daha vakti vardı. Yorgundum işte, düşünmek istemiyordum, beni anlamalıydı. Aslında biliyordum, Osmanlı'dan bu yana muazzam derecede ehli dalalet içimize girmiş ve fitne tohumlarını güller eker gibi bir bir ekmişti içimize. Bahar sananlar nasıl da sonbahar yapraklarıyla kalmıştı öylece ulu orta. Fitneler, fırsatı bulmuşken boş dururlar mıydı hiç? Var gücüyle imanımızda birtakım soykırımları başlattılar. Bunu düşününce ortaya çıkarması çok basitti aslında ama ben aldandım...

İlk âşık olduğum o sahneleri gözümde tekrar canlandırıyorum. Elim ayağım birbirine dolaşmış, elimdeki bardağı koyacak yer bulamamıştım. Asıl o bardak olmasa elimi nereye koyardım düşüncesi bile ne zordu! Masanın boyu biraz kısa mıydı, sağ elimin parmaklarını bardağa delicesine geçirirken ürkek mi duruyordum ne? Şu ışıkları biraz açar mısınız, kirpiklerinin dizilişinde bayılmak istiyorum. Alın beni buradan, bayılacağım sanırım. Hayır hayır, öyle utanmıştım ki, bir daha bakmak isterken, yer yarılsa da içine bir ben girsem diyordum. Avuçlarımdan bahsetmek bile istemiyorum... Buz kesilmişti ama terlemeyi de ihmal etmemiş sağ olsun. Tırnaklarım, evet tırnaklarım, onlarla oyalanmalıyım, etlerimi mi kemirsem ki? Biri çıkıp yalnız değilsin dese diye bekliyorum ama onun sesinden başka bir şey duyamıyorum. Muhtemelen bu yüzden, fonda bir yerler de çalan "bu sevdalar boşuna leyy bu sevdalar boşuna" uyarılarına da sağır olmuştum. Bir dakika, sanırım şimdi anlıyorum, kilit cümle tam da burada başlıyor olmalı "bir daha bakmak istersen, yer yarılsa da bir ben girsem içine"... Çocukken, daha ilkokul çağlarında birbirine âşık olduğunu söyleyen arkadaşlarımın sahneleri hafızamın bir yerlerinde göz kırpıyor bana. Daha küçücükken, diziden kaptıkları birkaç cümleyle ağız dolusu heyecanla anlatırlardı ama bir sınıfın kapısında, bir mahalle arasında karşılaşsalar deli gibi de kaçarlardı. Yalnız değilmişim! Çocuk aklıyla mı kaçar sanırdım acaba nedenini ararken? Anlayamazdım o zamanlar neden bu kadar çok utanıldığını, neden birbirlerinden bu kadar çok kaçtıklarını. Şimdi ben de her seferinde kaçmak istemiyor muydum? Her şeyin başına gitmeliyim. Çocukluğuma değil, doğumuma inmeliyim. İlk yıllarım, ilk temizliğim, ilk saflıklarım... Tabii ya! Bu iş aslında Cenabı Hakk'ın bizim içimize attığı helal tohumundan kaynaklıydı. Tohum helal olduğu için, ortaya haram tohum çıkınca biz birbirimizden uzak kalıyorduk, kaçmak istiyorduk. Yıkılıyorum hatırıma gelenler ile, nasıl bulamamıştım doğru yolu. Adana'nın yolları taştandı, Muş'un yolu yokuş, Evreşe yolları dardı, Ankara desen büklüm büklümdü yolları. Düzgün yolumuz yoktu ki hiç sapmadan doğruya gideyim. Tamam tamam, pes ediyorum, doğru yolu bulamamak sadece benim hatamdı...

Bazen şu tilkilere iki sandalye çekip biraz dinlenseniz demek istiyorum. E şimdi bakıyorum şelaleler gibi durmayan bu iki kurnaza, aklıma bir soru takılıyor: "O zaman ben neden şu anda karşı cins ile yan yana gelip çok rahat bir şekilde yürüyebiliyorum?" Evet, bunun da cevabını karanfil kokulu çayları sindirdiğim yüreğim cevaplıyor, ekilenleri biçmeye başladım sanırım. O içimizdeki vicdanımızı her günahla lime lime bıçakladığımız için, artık vicdanımız o meseleyi hissetmeyecek hale geliyor ve yaratılışın tersi hareket ettiğimiz için, susma kararı alıyor. Yani su verdiğimiz çiçeği çamur etmekten soldurduğumuz gibi, vicdanımıza susması için sebep olduğumuz her bir baskı için, Allah bizi artık bu dertten hissizleştirmiş oluyor! Ah vicdan, neden en son senin çıkıp ışıkları kapatmadığını anlıyorum, ben seni bırakmışken, sen beni bırakmadın, ama ya senin tercih gibi bir iraden var mıydı? Neyse, sen sabırlıydın, bana bunun da cevabını verirdin. Ben biraz daha deşeyim kalbimi...

Yaratılışımın zıddı hareket ettiğim için, baktığım zaman artık heyecanlanmıyordum. Mesela en son ne zaman başımı yastığa koyduğum anda rahat bir şekilde uyumuştum? Gece kafamı yastığa koyunca kuş tüyleri bile fayda etmezmiş rahatsız olan vicdanıma. Meğer vicdan helalde oldukça kuş kadar hafifmiş. Meğer vicdan Allah'a kul olunca hayat bir tüy kadar hafif yaşamak imiş. En son ne zaman yediğim yemeğin tadını alabildim ya da samimi manada en son ne zaman ağız dolusu gülüp papatyaları dizdim her bir gülüşümün kıyısına?

İşte bu, ruhumun emir komuta merkezi olan vicdanımın günahlar tarafından işgal edildiğinin göstergesiydi. Narkoz beni fazlasıyla uyutmuş olmalı. Bir insanda artık utanma duygusu mevcut değil ise, bir erkek ya da bir bayan ile rahat rahat oturabiliyorsa veya yüz yüze bakabiliyorsa, çok rahat bir şekilde diyalog içerisine girebiliyorsa, o kişinin vicdanı kanser mi olmuştu artık? Ben kanserdim! Fakat farkında değildim. Yani ölü gibi yaşayan bir varlık haline gelmiştim artık çünkü ruhumu lime lime dilimlemiş ve çoktan toprağın altına gömmüştü tilkiler. Anılınca nasıl da geliyorlar hemen. Zihnimi kemirmeye devam ediyorlar, tamam, pes! Her şey bir çocuğun bulutlarda sallandırdığını hayal ettiği ayaklarını bir salıncakta bulması kadar gerçekmiş ama ben, bir insanı tanımadan nasıl âşık olabilirim? Nasıl birbirimizi tanıyabiliriz, nasıl sevebiliriz? Görücü usulü dediğimiz meseleye nasıl güvenebiliriz? Benim gülüşlerimi ekeceğim bir pazar sabahı kahvaltısına ailelerimiz mi karar verecek? Hem daha benim çayıma kaç şeker attığımı biliyorlar mıydı? Kalbim fazlaca çarpıyordu onu görünce ama sonradan gelen o ince sızı da hoşuma gidiyordu sanki. Gözlerine dalmak, ona kalbimin pıt pıt atışlarını anlatmak, nasıl rüyalarımı süslediğinden bahsetmek istemeyecek miydim? Benim seçimlerim, duygularım, düşüncelerim, peki ya bunlar ne olacaktı, ailem nereden bilecekti...

Geldi işte hücrelerimin efendisi cevaplarıyla, aşkın yaşı yoktur derken ben kaç yaşındaydım? Yani evlenebilecek çağa gelmiş miydim, hangi komşu yapıyordu bunun testini? Öncelikle nasıl bir insanla evlenmek istediğimi hayal etmeliydim. Evet, tam da şimdi, aynen hayal ettiğim eşim gibi bir insan olmaya çalışmalıyım. Hatırlıyorum da, 15-16 yaşlarında da vardı birkaç gönül çarpıntısı. Daha neler, bu yaşlarda evlenmeyi düşünecek bir haram sevdaya müptela olmak da neyin nesiydi. Şuna karar vermeliyim, zamanım ve zeminim bir yuva için uygun mu? Alsam şimdi karşıma o kurnaz kafanla seni tilki... Söyle bakalım, okulunu bitirdin mi? Geçim için belli şartlarını yerine getirdin mi? Kısacası, sormak istediğim soru şu, evlilik için hazır mısın? Evet, bu sorulara cevapların tamam ise şimdi konuya girebilirim. Ama cevapların eksik ise şimdi gidebilirsin buradan, ha unutmadan, son çıkan sen olursan ışığı da sen kapatırsın ona göre! Cevapların yok iken hâlâ burada beni dinleyecek isen, şartların daha olgunlaşmamış iken evliliği benim aklıma sokuyor isen bu senin çok karizmatik bir oyunun olabilir. Gardımı aldım sana karşı, biliyorsun artık. Peki, sevemeyecek miyiz gönlümüzce diyorsun da kullanılmamış bir aşk bırakmazsam içimde ne anlamı olacak ki. Bir Pazar sabahı onu kullanacak olanın düşünmesi gerekmez mi bunu? Hem kullanılmamış bir bahçem olsun da zamanı gelince bir bahçıvan elbet gelir ve bahçemi güzel bir düzene sokar zaten. Benim şimdi yapmam gereken, leylaklardan papatyalara uzanacak bahçemin düzenleneceği güne dek güzel bir kalifiye olmak, dinimi bütünleştirmek, kapı kapı Rabbimin rızasını aramak. Bakma öyle bana, ne geçti elime senin planların ile haramdan başka? Ben Allah'ın halatına tutunurum da Allah halatını keser mi hiç? Hem demiyor mu Cenabı Allah bir hadisi kudside, *"Ben bir kulumu seversem onun işiten kulağı, gören gözü, tutan eli ve yürüyen ayağı olurum. Ben'den her ne isterse onu mutlaka veririm. Bana sığınırsa onu mutlaka korurum" (Buhârî, Rikak 38)* diye. Rabbim bana bütün kapıları açacak, sadece odak noktam yanlış. Sadece odak noktam fazla sen olmuşsun. Artık bana düşen, odaklanmam gereken yer, Rabbimin rızası. Zamanı gelince de, ben Rabbime teslim olmuşken, odağımı yaratan, odağımı değiştirir de elbet.

Ne o, şimdi de nasıl evleneceğimi mi merak ediyorsun, bu

kadar kolay pes edeceğini düşünmemiştim. Senin karşında artık daha güçlü olmalıyım. Bilmiyor olabilirim bunun dinen dengesini ama bulacağım. Evleneceğim kişi ile görüşmeme izin vardır değil mi? Hayır, sana sormuyorum, sadece sesli düşündüm. Elbette görüşmeye izin var, İslamiyet zaten görüşerek evlenmeyi uygun görüyor. Bu konuda bir sıkıntı yok, eğer tek derdim bu ise tabii. Ama gezmek, tozmak, bakışlarında bayılmak gibi senin işlerine bel bağlamışsam orada yasak çizgisi başlıyor. Yani şurada bir anlaşalım, İslamiyet zaten görüşerek evlenmeyi kabul ediyor. Resülullah (sav) de insanların birbirini tanıyarak evlenmesini uygun görüyor. Hatta bir defasında bir Mekkeli sahabe, Medineli bir sahabeyle evlenmek istediğini Resülullah'a söyleyince, Resülullah da, "Git ve gözlerinin içine bak" diye sahabeyi geri gönderiyor. Bu da sanırım evlenmeden önce çiftlerin birbirlerini tanımanın çok iyi olacağı anlamına geliyor. Fakat bunun da bir dengesi mevcut. Kalabalık bir ortamda ve aklı başında olan bir kişi de yanımızda olursa ne sorun olabilir ki evleneceğim kişiyle aynı masada oturmamda? Zaten frekansı tutturup tutturamayacağım ilk oturmada anlaşılır. Geçenlerde senin beynimi kemirmediğin arada bir âlim dinlemiştim. Orada şöyle söylüyordu; "Evlenmek için buluşmaya gittiğin zaman karşı cinsin gözlerinin içine bak! Onu tanımaya başladıktan sonra kendini tanıt. Onunla evlenmek ile alakalı bütün düşüncelerini açık bir şekilde dile getir. Sonra, tekrar görüşebilecek miyiz, diye bir sor. Evet, görüşelim der ise üç gün bekle ve üç gün boyunca arama ve sorma. Üç gün içinde, radyoyu açtığında nasıl o sevdiğin şarkı çıkıyor, aynen öyle. Eğer o frekanslar hâlâ tutuyor ise, aynı ölçüde belirli aralıklarla, yanında aklı başında olan bir üçüncünüz ile görüşmeye devam edebilirsin." Hatta birden evlenmemizin de uygun olmadığını söyledi. Herkesin mutlaka yağmur yağdığında dökülecek boyaları vardır, ben de bir tanıyayım, şöyle etrafını çözümleyeyim, bir güzelce bakalım, çöplükte biten bir gül mü yoksa cennet gibi bir bahçede yetişmiş bir gül mü? Yani baktığım zaman bu tanımanın da bir süreci var, zamanı var bir ay, iki ay, üç ay insanların arasında olmak şartıyla birbirimizi tanımak için bu süreç yeterli. Zaten hayırlısıysa artık güzel bir adım atabiliriz. Yani bak, neticede yeni bir ülke kurulacak, biz yöneteceğiz o ülkeyi, ben de biliyorum bu meselenin kolay olmadığını. Sevmek bambaşka bir şey, hem kalbim bana hiç sevme demiyor ki, sadece, sevecek isen sevdiğin kişiyi Rabbinin rızası için sev ki Rabbin de senden razı olsun diyor. Haksız mı şimdi, sor vicdanıma? Baksana, "seni seviyorum" cümlesi artık işportacılara düşmüş. Gül kokuları arasında ansızın söylemek isterken ben... Ama ben ona "cennetliğim" diyeceğim çünkü eğer gerçekten Allah için seviyorsak bu iş hiç bitmeyecek inşallah. Cennet bahçelerinde el ele koşmak varken ona sadece dünyada mı sahip olacağım? Ben ona başkasının bakışını hayal edemez, beynimde ne cinayetler işlerken, ben cehennemde o cennette bir başkasının mı olacak! Kullanılmış bardağı bile elimin tersiyle iten ben, neden kullanılmış bir kalp arayacaktım ki? Tamam, ben de masum değilim, kabul ediyorum ama hatadan dönme erdemini gösterdiyse eğer, ülkemin sahibi o olacak zaten. Allah bana onu tanıma imkânı vermişken Rabbimin emrini suiistimal etmemi mi bekliyorsun benden? Bu, sevgiyi kirletmek olur! Sen bana zehirli bir bal sunuyorsun, ben yedikçe anlamıyorum ama sonra zehrin etkisi damarlarıma kadar işlemişken uyuştukça uyuşuyorum. Narkoz da senin planındı değil mi? Beni damarlarıma kadar işlemiş haram bir sevdanın tiryakisi etmiştin. Orada dur, damarlarıma kadar işlemiş haram bir sevdaya mukabil bana şah damarımdan daha yakın bir Rabbim var!

Seni dinlediğimi düşünsene, Allah'ın adıyla yapılmış bir isteme anında aileler onay verecek, biz bir adım atacağız ama ya öncesi? O günden önce Allah'tan nasıl istemiş olacaktık biz birbirimizi? Haram bir sevda içindeyken, nasıl Allah'ın izin vermediği bir aşk yaşayacaktık? Allah'ın emrini suiistimal edip gayri meşru bir ilişki mi yaşayacaktık! Evimde huzurlu yaşayacağım bir aşkı sokaklar ortasında yaşayacağım ucuz aşklara tercih edeceğimi mi zannediyorsun? Bir gün asık suratla çalınan kapının sebebisin sen, bir gün asık suratla açılan kapının da sebebisin sen. Kurnazsın çünkü hem de çok!

Hz. Ali, bir akşamüzeri biricik eşi Hz. Fatıma'yı ağlarken görüp telaşlanarak, "Ey Resülullah'ın en güzel çiçeği niye ağlarsın?" diye sorduğunda, Hz. Fatıma o narin yüreği incittiğini sanarak, "Ya Ali, bugün gülümsemeni göremeyince benden razı değilsin sandım" demişti. Sana aldığım gardımla her gece cennet bahçemden helallik isteyeceğim, anladın mı sebebini artık. Beni alçak nefsani bakışlara hapsetmene izin vermeyeceğim. Kirlenmiş bir kalp ile nasıl kul olabilirim ben Rabbime? Temiz bir su içerisine siyah bir damla mürekkep damlatsam aynı kalır mıydı o su artık. Ben de seninle böyle kirlenmeye başlamıştım, her lekemde daha da batmıştım. Ama söylesene, insan Allah için sevdiği bir eşten nasıl bıkabilir? Peygamber Efendimizin (sav) huzurunda olsam nasıl başımı kaldırıp da gözlerimle kirletebilirdim onun gözlerini! Demez miydi Resülullah, "Ben sana Ümmetim Ümmetim derken bir aşka mı sattın imanını" diye... Peki ya Rabbim! O beni izlemiyor muydu her an, nasıl O'nun önünde böyle bir günahı işledim, kaçacak yer var sandım? Aşkın gözü kör falan değildi, sen kör etmiştin gözlerimi kurnazlıklarınla. Tam her şeyi hallettim derken, karşıma onunla çıkmıştın. Ah yok muydu o, "namazlığımın yanında takkeni görmek istiyorum", "sana renk renk takkeler almak istiyorum" fısıltıların! Yok olsun artık. İçimde uçtuğunu sandığım kelebeklerin bir güve olduğunu görmek nasıldı biliyor musun sen? Eş dediğin, geç kaldığım zamanlarda telaş ettiğinde beni arayıp da ulaşamadığında çılgına dönecek değil, namazın en ön safında olduğumu bilecek değil miydi zaten? Haramın içinde helali arattığın romantik Müslümanların kulakları çınlasın.

Dışı kıpkırmızı bir elmayı uzatıyorsun, en kırmızı yerinden bir ısırık aldırıp içinden kurtlar çıkartıyorsun. Boylu boyuna uzanmış bir denizin kıyısında gibi bana bakıyor kımıldarken kurtlar. Yemeye nasıl devam edebilir insan? Söylesene, sen devam eder miydin? Ben o son kusura baktım ey tilkicim! Sen kimselere ihanet etmem sanırken en çok beni harcadın bu yokuşta. Ben o son kusura baktım ey tilkicim! Ve ben fani mührü vurulmuş o defteri kapattım artık. Sustun... Bak, vicdan onu susturmaya çalıştığım günleri hatırlatıyor bana, kalbim, onarılmış tebessümüyle yine sabırlı duruyor. Bir derdim var Allah'ım. Sana arz edebilir miyim? Çünkü henüz sormamışken bile kapısına buyur edildiğim tek yer Sen'in eşiğin. Artık şu göğüs kafesimi genişleten bir umudum var, bu umut var oldukça güzel günlere olan inancım hiç bitmeyecek, Elhamdülillah. Allah var ya, Allah yâr ya! Bir dakika, ışıklar... Işıkları kim kapattı? Suskunluğunun sebebi bu muydu? Kalp ile vicdanımın ortasında bağdaş kurmuş oturanda kim? Bu cevap, bu duruş... Ah yine çarpıyor kalbim, bu seferki başka. Tanıdığım bir lezzet var damaklarımda, bu tat senin mi? Misk amberi kokusunu sen mi getirdin? Ne kadar da tozlanmış üstün başın, ne çok zaman olmuş seni anmayalı. Ah tövbem, uzun yollar sokmuşum aramıza. Kapanan ışıklar arasında bile nasıl da gönlüme taht kurmuşsun, yükseltiyorsun beni Rabbimin huzuruna. Ne olur bana gönül koyma da git bir çay koy içelim...

İnsan dediğin bazen göğüs kafesinin içinde yapayalnız bazen de kafasının içinde kalabalık...

Evleneceğim Kişi Gerçekten O mu?

"Evvel zaman içinde, kalbur saman içinde, pireler berber, develer tellal iken" diye başlatılan masalların boyasının aktığı bir ahir zamandayım. Zaman bu ya, geçerken geçmez sandıklarımın da bir hayli ortasındayım. Elimdeki ince belli tükenmez kalemin tam da bittiği demdeyim. Bu nasıl çelişkiydi şimdi? Kapıyı çalmışlar da, "Kim o?" demişim, gelen ses "ben" demekle yetinmiş gibi bir güne açtım gözlerimi. Tarlası yanmış köylü oturuşu değildi belki ama dertlerini yaslayacak bir derttaş omzu yanmış gibi bakıyordum öylece halıya. Fazla dalmış olmalıyım ki, ruhumdaki defolar gün yüzüne çıktı. Halılar bile perdeyle bu kadar uyumu yakalamışken benim gönül elmam yolu mu bulamamıştı acaba? Bu işin bir miktar navigasyonu eksik gibi, sahi sipariş edebiliyor muyuz?

Biri olmalıydı, hayatında bir olacağım. Biri olmalıydı, sor bakalım annene damat lazım mıymış, diyebileceğim. Bir eşim olsaydı ya, ama sadece eşim olarak kalmasaydı. Aynı zamanda derttaşım olsaydı, aynı zamanda sırdaşım, aynı zamanda ailem, nerede olursak, hangi şartta olursak olalım beni koruyup kollasaydı, gözlerimin içinde gözbebeklerini her zaman hissettirseydi; gözleri gözlerime aksaydı yani, kalbinden kalbime bir ıhlamur sıcaklığı olsaydı. Hem öyle bir sinema filminde kendimizi bulmak, bir yerlerde çay içmek de değil, bizimkisi lapa lapa yağan karın altında ısınmayan ellerimi kırmızı eldiveninden çıkaracağı narin avuç içleriyle ısıtmak, parmaklarımın uçları büzüşene kadar, hatta belki hasta olana kadar kartopu oynamak gibi keyifli olsaydı. Ben hastayken yapacağı bir çorba damağımda ömür boyu kalacak bir lezzete yol açsaydı. O anda kirpiklerime bir kar tanesi takılsaydı ve gözlerim refleksle kapansaydı. Gözlerimi açar açmaz bizi nikâh masasında bulsaydım hem de "Evet!" diye bağırırken. Ayağımda küçük bir acı hissetseydim ama göz göze geldiğimiz an hiçbir acı kalmamış olsaydı, içimizden "iyi ki"ler geçerken. Dubleks villamızda sıcak şömine başında iç ısıtan sohbetlerin ardından kafa nereye biz oraya, kararlarımızı ani duygularla netleştirip, atlayıp arabamıza, tekerlerin gittiği her yere gitmek heyecanını, önceden siparişi verilmiş sarışın bir kız çocuğu ağlaması bozsaydı. İşten yorgun dönmüşken kapıda bir kız çocuğu atlasaydı boynuma, onu küçük erkek kardeşi takip etseydi, mutfaktan gelen nefis kokulara doğru adım adım ilerleseydim. Bir maç akşamı olsaydı mesela, hayatımızdaki en sinirlendiğimiz anda oğlumla heyecanla gol sahnesini izlerken televizyonun önünden geçen hayat yoldaşım ile gülüşünü gönül elmamdan alan minik bir kız çocuğu olsaydı. Evimizin içi hep huzurla, sağlıkla kalsaydı... Yok artık daha neler, hangi masaldan fırlamıştı bu fikirler, gerçek bir balyoz gibi kafama inerken şuurum konuşuyordu resmen. Tanıştığım bu gerçek ile saat gece on ikiye vurmamış olsa da hayaller artık kabak tadı vermişti. Biri hayallerimin fişini çekebilir mi? Kim demiş evlilik bir yastıkta kocamaktır diye, kocarsın kocarsın da yastıkta mı kömürlükte mi acep? Bekâra eş boşamak kolaydır derler, evlenmeden insan nasıl da hayaller içinde yüzüyor. Ta ki tuzlu su genzine kaçana kadar. Sanırım dünyada değil cennette zannediyorum kendimi. Villamız olsun ama sıkıntımız olmasın, geleceğimiz olsun ama gelecekte hiçbir problemimiz olmasın, hep birlikte yaşayalım ama sağlık problemimiz olmasın, tabii canım muz da yiyeyim ama çilek tadı da gelsin mi? Hatta nefes almaya devam edeyim ama geri sayımım hiç olmasın. Hayata adım mı atıyorum çizgi roman mı yazıyorum belli değil. Evlilik dediğin, bütün evlenmiş kişilerin "aman ha ben yaptım sen sakın yapma" dedikleri, bekârların ise asla söz dinlemeyip yine de içine balıklama daldıkları bir müesseseydi sonuçta. Ne kadar yüksekten atlanırsa o kadar da beton etkisi yapar, demiş bu müesseseye üye bir eş. Ben değil, kuzenim demiş sonuçta bu kuzenler neden var değil mi?

İnsan dediğin, bazen göğüs kafesinin içinde yapayalnız, bazen de kafasının içinde kalabalık bir ortamda buluyor kendini. Durmadan, çenesi yorulmadan konuşan da konuşan sesler birikiyor kafamın içinde. Dursa bir, duysa beni bir neler anlatacağım neler. Öyle hemen kolay mıydı istediklerini elde etmesi insanın? Nerede görülmüştü dünya dediğim hanın durmadan koşan günleri, nerede görülmüştü olur mu dediklerimin olurları? Zannetmediklerim ne çok zanlar olmuştu, toprağından menekşeler fırlarcasına. Asıl mesele yürümek miydi, yolu bulabilmek mi? Okumasını bilene her olay bir ayetti de yürümesini bilene her yol, yol olmaz mıydı hiç... Ne çok yanlış hayallerin peşinde incitmiştim ayak tabanlarımı. Üstelik koşarken hiç de yanlış değildi. Tanışırken ölü taklidi yapsaydım dediğim insanlar birikti hayatımda. Uzunca bir yolun dönüm noktasında fark edip de geriye dönüp bakmak; yukarıdan, bir kütle buz yığınının far görmüş tavşan cinsinden kafama toslaması gibiydi. Hayır, yani gören gözlerim, duyan kulaklarım ne ile meşguldü ben böylesine çıkmaz sokaklardan hâlâ yürüyebiliyorken. Çıkmaz dediğim bir sokağa verdiğim isim değildi, çıkmaz dediğim, çıkmadığına inandığım sokakların adınaydı. Yolun nerede bittiğine inanıyorsam, orasıydı benim çıkmaz sokağım. Geri dönmek de bir yol ayrımıydı hem de bitmeyen, süren giden bir yol. Ayrımlar hep acıklı olacak değildi ya, bu böylesine bir yoldu işte. Asıl çıkmaz dediğim, ona çıkmadığını bildiğim sokaklaraydı. Heyecanlı adımlarım, birbirinden uçuk hayallerim ama hiç bitmeyen umudum. Bu anı yaşamak bir yana, geleceğe yaptığım bütün hazırlık planlarım, ah! Bu değil miydi zaten "buradan sana iş çıkmaz" diyen hayallerimizin ürünü? Bu değil miydi zaten gören gözlerin aslında göremeyişi? Bir yüreğe tutulmak kadar akıllı bir iş yoktu, bir yüreğe tutulmak kadar da delicesi. Uzun yıllar, üstelik her yıl ısrarla o okul sıralarında x'e değer verip bulduğumuz y'leri anlıyorum şimdi. Onların ahı mıdır bu? Birinin değeri başkasına verilen değerle gösterilebilir mi? Benim hak ettiğim ya da en azından hak ettiğimi savunduğum değeri gidip başkasına vermesi kadar beni yaralayan bir şey olabilir mi? Nasıl incitmişim bunca yıl o soruları, nasıl çözümleri canlarını kıra kıra bulmuşum. Aklımın almadığı, nasıl kalbime sığabilmişti, kalbime sığan nasıl aklımda yer edememişti? Sorular da sorular, bitmek bitmeyen sorular. Öyle hart hurt dokunulamayacak ensesi kalın kırıklar dizmiştim içime. Final zamanları vizenin de dâhil olması gibi, en sevdiğim kitabı elime almışım, sinmişim bir köşeye de elektrikler kesikmiş gibi, şarkı söylemişim de aslında bir kargaymışım gibi, öyle işte, öyle bir hayal kırıklığı.

Deli gibi susamış bir can ile elimi o büyük kavanoza uzatmam ile kavanoz kırılmış da, cam parçaları her yere dağılmış gibiyim. Kum tanesi olmuş parçaları süpürmek bile zihnimde büyüdükçe büyüyor. Mahalle aralarında top oynadığım, kendi halimde olduğum saçımın başımın şeklinin bile beni ilgilendirmediği günlere bir özlem duyuyorum. Kışın ortasında güneşi özlemek, yazın ortasında şikâyet etmek gibiyim. Ben biraz ben gibi değilim aslında. Cafcaflı bir hediye kâğıdı geçiyor elime, ne sahte geliyor içindekinin bu kadar albenisi yokken. İnsan diyorum, insan da içi koca bir boşlukken dışını nasıl da boyuyor, süslüyor. İçi güzel olanı bulmak da samanlıkta iğne aramak gibi bir şey olmuş. İç kusurlar artık dış fondötenleriyle kapatılır olmuş. Neye güvenecektim, aynadaki suretim bile bazen benden uzak kalırken? Kitaplığımın yanındaki küçük cam şişeden fışkıran kahve çekirdeği kokusunu bir tutam daha çekiyorum içime. Bir fincan yudumlar gibi nazik davranıyorum bu kokuya. Öyle ya, bir kahve içsek kırk yıl hatır yükleme derdim de hemen arkasından geliyor, ister köpüklü olsun ister köpüksüz. Bütün fanilere bir hatırdır gidiyorum da beni var eden Allah'a en büyük hatırsızlığı yapmıyor muyum, işte bu ayıp etlerimi çekiyor. Gökyüzüne bakıp sevdiğimi düşünmek yerine, Sevdiğim'in (cc) gökyüzünü var ettiğini düşündükçe bir sakinlik kaplıyor bütün bedenimi. Seni bilmenin nimetiyle şereflendirdiğin ben, nefsime yenik düşüp öfkeleniyorum ya en çok o zaman utanıyorum Allah'ım. Yitirme diyorum, sakın yitirme yürekliliğini, O (cc) senin güneşin olsun gönlünde. Unutma, diyorum, unutma bir gün her şey düzelecek sadece biraz daha, biraz daha sabır...

Kim elinde derdiyle kapımı çalsa, haksızlık diyor, koca bir haksızlık. Onun bana yaptığı haksızlık, onun bana yaptığı acımasızlık, onun bana yaptığı anlayışsızlık, onun bana yaptığı dinlemeden yargılamak, onun bana yaptığı nankörlük... Bunca haklı ortasında bunca haksızlığı yapmak kime kalıyor o zaman? Herkes şikâyetçi de kimse de ben de bunu yaptım demiyor. Üstelik demiyorum da! Desene en büyük nankör benim diye, desene insanların azıcık hataları nasıl da zoruma gidiyor ama iyi günde, kötü günde, hastalıkta, sağlıkta Müslüman olmayı beceremiyorum desene! Diyemedim, diyemedim çünkü kolaydı insanları suçlamak, bu yüzdendi haksız yere suçlanmam. Ne kadar da birbirimize benziyoruz. Sen de insan, ben de, sen de nankör, ben de... Sınamalıydım sabrımı, kefenleri dizerken ruhuma, yalan beyazlarda avunmamalıydım. İyiydi hoştu bir eş, iyiydi hoştu pembe panjurlar ama bu işin neresindeydi ahiretim? Neresindeydi asıl geleceğim? Otuz yıl, yetmiş yıl sonrasının derdine düşmüşken, takma dişlerimi tek başıma kaybetmeyim, bastonum toz tutmasın derken ahiretim bu işin neresindeydi? Cennet köşelerinde bir yuva mıydı istediğim, cehennem diplerinde bir lanet mi? Oysa evlilik dediğin imtihandır, koca bir imtihan, kocatan bir imtihan. İmtihan dediğin ise ben soracağım, sen cevaplayacaksın demektir. Dönüyorum hayallerime, elimde bir zımpara ile pembesini kazıya kazıya, Allah bu evliliğin neresinde, Peygamber neresinde, namaz neresinde, kabir neresinde? Nasıl en önemli gerçekleri göz ardı edebildim ki, neydi beklediğim? Böyle bir evliliğin neticesi üç beş ay sonra tripli bir tweet olmayacak mıydı? Neden mi tweet olmazsa olmazı bu işin çünkü çocuk oyuncağı! "Yapmam gereken en son şey sana âşık olmaktı ve ben yine en sondan başladım!"... Türkiye İstatistik Kurumu'na göre her üç kişiden biri boşanırken, benim istatistiğim neye bel bağlamıştı? Standart sapmalar ile olacak iş miydi bu, final mi geçiyordum, alttan ders mi almıştım, tam bir trajikomik. Birazdan perdeler de kapanır tamam ayakta alkışlar uçuşur, tabii yalan dünyanın yalan alkışları... Yoldan geçerken kendime omuz atmışım da öyle sinirlenmişim, kavgaya koşuyormuşum gibi bakıyorum geçmiş düşlerime. İyi ki bir düşten ibaretmiş ki düşmüş! "İyi de ben âşık olmayım mı?" dediğim anlara bir yumruk sallıyorum tam da ağzımın orta yerine. Lükse bak! Ol âşık, olsana, kaç kuruşluk gönülle olacaksın, kaç kuruşluk gücünle imtihanları kaldıracaksın? Sen gel atın sırtına bir ev yükle, çekmesini bekle. Bu kadar yürekli misin, âşık olacak kadar? Nasıl bir delilikmiş benimkisi, nasıl bir cahillik. Hayat kısa, yıllar uçuyormuş. Akıl sahibi başımdan deliliğe yatay geçiş yapmışım. Puanım nasıl yettiyse, o da benim sorunum artık! Baharı yaz uğruna, aşkı naz uğruna, papatyaları seviyor sevmiyor uğruna derken ömrü tüketmişim bir hiç uğruna. Artık boşuna öldürmeyin papatyaları, biraz yaklaşın onlara. Yaklaşın ve zikirlerine ortak olun! Âşık olmayı nasıl psikolojik bir hastalığa dönüştürdüysem, bu yüzden artık bu benim başarısızlığımın başarısı. Sonuçta çay suyunu bardağa havadan koymak köpürtürdü çayı, şekeri gemi yapıp köpüklerden yürütecek değildim ya...

Bakıyorsun gönlüne hâkim olmaya çalışan kişiye kulağını karıştırıyor, burnunu karıştırıyor ama psikoloji öyle bozulmuş ki, beyinde bir sinyal yankılanıyor; "ah ne de güzel burnunu karıştırıyor, ben daha önce bu kadar ahenkli burnunu karıştıran birini görmemiştim!" Yüzü sivilceden mayın tarlasına dönmüş ama beyin aynı sinyali vermeye devam ediyor; "aşkım, bir tanem ya bugün yüzünde ne güzel tebessümler var, gül bahçesine dönmüş maşallah!" Sinyaller aynı renkle devam ederken evlilik gerçekleşiyor ve sonuç hüsran "bu nasıl bir paspallıktır, iğrençsin, burnunu mu karıştırıyorsun, bu yüzünün hali ne, insan gider bir bakım yaptırır, ıyy" sözleri havada değil duvardan duvara uçuşuyor sonra. Oysa herkes aynı, oysa evlenmeden önce de durum bu, ancak insan gören gözleriyle kör oluyor ve göremiyor. Sebep mi? Sebebi çok basit, çünkü Allah'ın aradan kaldırıldığı bir sevda insanı kör eder! Çünkü hiç duymayan birine dünyanın en güzel şarkısını söylemek kadar anlamsız, dekolte sevdaya vurulmuş birine Allah'ı anlatmak. Hâlbuki yeni aldığım bir kıyafetin bile küçücük etiketine kullanma kılavuzu yerleştirilmişken, elimi değdiğim bütün elektronik aletlerin kullanma kılavuzlarını incelemişken, sonsuz bir ahiret için belki Efendimiz (sav) ile komşu olma ihtimalim varken, Hz. Ömer Efendimiz'in (ra) kapısını çalma ihtimalim varken, bütün kâğıt parçalarını didik didik incelerken, Rabbimin bana gönderdiği kılavuzumu, Kur'an'ı açıp bakmıyorum! Âşık olmaya hak mı bekliyordum bir zamanlar ben? Efendimizin Sünneti Seniyyesine bakıp, yani yaşantısında evliliği nasıl gerçekleştirdiğine bakıp aşama aşama nasıl ilerlediğine bakmıyorum da düş peşinde takılıp düşüyorum. Düş düş, merdivenlerden yuvarlanırcasına düş, hak ettim. Ey Allah'ım! Peygamberimizi mağarada bir örümcek ağıyla müşriklerden koruyan Allah'ım... Ahir zaman mağarasında sıkışmış bu kalbimi de fitnelerden koru ne olur! Kalbi körelmiş insana gör demekmiş olay. Ben anladım ki Sen'den başka kendimi neye satsam ucuza gitmiş olurum, elmasın kömürcünün elinde değeri mi olurdu, oysa bunu kör gözlerim göremedi. Hem haramdan vazgeçmeyen ben, sırattan nasıl geçecektim?

"Kadın ve erkek ortasında gayet esaslı ve şiddetli münasebet, muhabbet ve alâka, yalnız dünyevî hayatın ihtiyacından ileri gelmiyor. Evet, bir kadın, kocasına yalnız hayat-ı dünyeviyeye mahsus bir refika-i hayat (hayat arkadaşı) değildir. Belki ha-

yat-ı ebediyede (sonsuz hayat, ahiret hayatında) dahi bir refika-i hayattır. Madem hayat-ı ebediyede dahi kocasına refika-i hayattır; elbette, ebedî arkadaşı ve dostu olan kocasının nazarından (bakışından) gayrı, başkasının nazarını kendi mehâsinine (güzelliklerine) celb etmemek ve onu darıltmamak ve kıskandırmamak lâzım gelir. Madem Mü'min olan kocası, sırr-ı imana (iman sırrına) binaen, onunla alâkası hayat-ı dünyeviyeye (dünya hayatına) münhasır ve yalnız hayvani ve güzellik vaktine mahsus, muvakkat (gelip geçici) bir muhabbet değil, belki hayat-ı ebediyede dahi bir refik-i hayat noktasında esaslı ve ciddî bir muhabbetle, bir hürmetle alâkadardır. Hem yalnız gençliğinde ve güzellik zamanında değil, belki ihtiyarlık ve çirkinlik vaktinde dahi o ciddî hürmet ve muhabbeti taşıyor. Elbette ona mukabil, o da kendi mehâsinini onun nazarına tahsis ve muhabbetini ona hasretmesi, muktezayı insaniyettir (insanlığın gereğidir). Yoksa pek az kazanır, fakat pek çok kaybeder" (Bediüzzaman Said Nursi). Yani aradığım eş ile bağım sadece yatımız olsun, katımız olsun, yazlığımız ve kışlığımız olsun, rahat bir yatak odası takımımız, bir koltuk takımımız olsun gibi dünyaya bağlı sebeplerden ileri gelmiyordu ki bunlarla mutlu olayım çünkü insana mutluluğu getiren çok eşya değildi. Eğer böyle olsaydı, Amerika ve Avrupa'daki evlilikler de bu derece bitik olmazdı. Bütün Avrupa'nın yaşam standartları çok yüksek iken aileler de bir o kadar zıt, aşağı derecede. Çünkü imkân var ama maddede, maneviyatta terakki edememişler, yani ahireti düşünmüyorlar. Sonsuz bir ahiret hayatında yol arkadaşı olan bir eş dünya standartları ile seçilebilir miydi? Kırk, elli yıllık bir hayat için bu dünyaya geldiğine inanan insan fikri dışında bu seçimi yapmak fazla ahmakça. Sonsuz bir ahiret hayatı, sonsuz... Nasıl aklımın bile almakta zorluk çektiği bir sonsuzluğa dünya kokusundan seçtiğim bir eş ile giriş yapabilirim ki? Bu işin en büyük kuralı, gençlik zamanında eşini bir obje olarak, şehvani ihtiyaçlarını görebileceği bir madde olarak değil, sonsuz bir ahiret hayatında birlikte olacağın bir eş olarak görme ve seçmeymiş, anladım. Zaten ahirete inanan biri olmasam, dakikada iki bin kelime kullanabilen bir bayanı dinlemek de hiç kolay olmazdı. Yoksa saç uçlarına kadar kırılabilen bir kadını nasıl korkusuzca sevebilirdim ki? Eş dediğin yanına yakışan değil, cennete yaklaştıran olmalı. Eş dediğin gerçekten iman sahibi mi, ahirete inanıyor mu yoksa sadece dünyevi arzularını tatmin etmek için bu dünyada, beni bir obje olarak mı kullanıyor ya da ben onu bir obje olarak mı görüyorum? Evin içerisinde sıkıntılar olabilir, sağlık problemleri olabilir, evin içerisinde anlaşmazlıklar olabilir, eş, bunlar bilinerek seçilmelidir. Efendimiz'in de eşleriyle tartıştığı konular varken nasıl düz, sorunsuz bir evlilik bekleyebilirim ki ve nasıl bekliyorum ki? Hz. Ömer Efendimiz (ra)'ın kızı Hafsa Validemiz'in, Peygamber Efendimiz (sav) ile evlerinin içerisinde tartıştıkları hadise geliyor aklıma. O günün şartlarını zihnimde tam olarak canlandıramayacağım için bugünün şartları üzerinden tartışma sebeplerini yönlendiriyorum; ben de yatak odası takımı istiyorum, ben de perde istiyorum, ben de araba istiyorum, ben de ev istiyorum... Kâinatın Efendisi (sav) tartışma sonrasında evi terk ediyor ve mescide gidiyor, tam iki ay boyunca! Oysa bugün eşler tartıştıktan sonra hanımlarını babalarının evlerine gönderiyor. Ne kadar da uzağız Peygamber Efendimiz'in (sav) ayak izlerinden... Hz. Ömer Efendimiz (ra) bunu duyduktan sonra mescide gidiyor ve bakıyor ki Resülullah hasırın üzerinde yatıyor, gördükleri karşısında üzülüyor. Peygamber Efendimiz (sav) ayağa kalkıyor yüzündeki hasır izi ile. Yürekli Ömer (ra) bu izi görür görmez başlıyor ağlamaya, Peygamber Efendimiz (sav) soruyor; "Ya Ömer, neden ağlıyorsun?" ve Hz. Ömer (ra) cevap veriyor; "Ya Resülullah Sen de Kisralar gibi, Kayserler gibi rahat rahat yataklarda ve döşeklerde yatamaz mıydın? Üzerinde ipek yorganlar olamaz mıydı?" Efendimiz tebessüm ediyor ve "İstemez misin ey Ömer? Dünya onların, ahiret de bizim olsun," diyor.

Ben neye taliptim? Ahiretlik bir eş yerine dünyalık bir eş tercihleri ile ben neye taliptim? İnandığım Peygamber'in gözü bu kadar dünyaya küsmüş iken ben nasıl dünyayla boyamıştım her bir halimi!

Birkaç zaman geçtikten sonra Efendimiz (sav) eve dönüyor. Eve döner dönmez bütün eşlerini topluyor ve diyor ki, "Benden neyi talep ediyorsanız her birini vereceğim ama bir şartım var, önce vereceğim sonra da sizi boşayacağım," diyor! Validelerimiz ise Efendimiz (sav)'i ve ahireti tercih ediyorlar. O günlerde Peygamberimiz de sıkıntı çekiyor ama evlilikleri hep ahiret odaklı ve Efendimiz (sav) diyor ki, "Benim ashabı suffada talebelerim var iken ben yemek getiremem"... Bugünün şartlarına çevirdiğimde belki bir yorgan getiremeyebilirim, belki bir buzdolabı alamayabilirim, belki bir arabam olmayabilir! Oysa ben nelere talibim? Oysa salon takımı varken oturma odası olmasın mı –cılarla ben nelere talibim!

Ebu Hureyre diyor ki, "yetmiş sahabe mescitte, açlıktan kıvranıyorlar" ve Hz. Ebubekir (ra)'ın yanına dışarı çıkıyor, "Sana bir ayet söyleyeceğim, bu ayeti tefsir eder misin?" diyor. Aslında ayeti de tefsirini de biliyor ama "Hz. Ebubekir'e söylediğimde tefsirini yapar da sonra beni eve götürür, bir tas çorba içirir" diye düşünüyor. Hz. Ebubekir (ra) Efendimiz ise sadece tefsiri yapıyor ve gönderiyor. Hz. Hureyre, "Hz Ebubekir beni anlamadı, Hz. Ömer'in yanına gideyim" diyor. O da tefsirini yapıyor, gönderiyor. Ardından, "Hz. Ömer de anlamadı" diyerek mescide dönüyor, bir bakıyor ki sahabeler açlıktan inim inim inliyor. Hatırıma düşen kıssalarda bir tas çorbanın kaynamadığı evlerin kavgası, sonucunun dokunduğu mahkeme salonları içimi dağlıyor. Aynı yola baş koyma dertlerim ile bu yola taş koymaktan başka bir şey yapamamışım meğerse. Allah'ın rızası derken ne ucuz sanmışım, affet Ya Rab! Sönmeyen ocakların hayalini yuva sanmışım, yanılmışım. Efendimiz'e benzemeyi sadece adım saymışım, imtihana göğüs germek, hoş karşılamakmış meğerse. Yürüseydim o yollarda, o inim inim inleyen sahabeler arasında olsaydım, azıcık o şuur olsaydı içimin bir yerlerinde ah! Duvarlardan tutuna tutuna nefes alıyorum içimin yangınının ortasında. Boğazım sanki bir el tarafından sıkılıyor, hayır bu yanlışlarımın henüz cılız olan sesi. Gözlerim kıpkırmızı, yerinden fırlayacak gibi bakıyorum, bakıyorum çünkü yeterince idrak edememenin acısı kalbimi yokluyor. Kapım matemle çalınıyor, sanki kalbimin karası yüzüme henüz vurmamışken pişmanlığım su serpiyor yangınıma. Ebu Hureyre dışarı çıkıp geç bir vakitte Efendimiz (sav)'in geldiğini görünce, "Ya Resülullah, Senin bu saatte burada ne işin var?" diye soruyor. Efendimiz (sav) de cevap veriyor; "Sizin ne işiniz var ise Benim de o işim var!" Kâinatın Efendisi (sav), o da sahabeyle birlikte karnına taş bağlıyor. Seni böyle görseydim Ya Resülullah ne yapardım ben? Milyarlık setlerle kurulmuş tabak takımları arasında, çeşit çeşit yemeklerin masalardan eksik olmadığı bir akşam sefasında kaşığın yeri burası, çatalın yeri burası, tatlı kaşığı da buraya derken ben nasıl Sen'in karnına taş bağlamış halini anlayabilirim ki Ya Resülullah? Son model eşyalarım olmadan evliliğe kalkmayım diye haramlara dalan erkekler ile şu kadar bileziğim, altınım olmadan evet demem diyen bayanlar arasında sıkıştığım bir ahir zamanda ben nasıl anlarım Sen'i Ya Resülullah? İnsan içindi sorunlar, insan içindi imtihanlar, evlerde de birçok problem yaşanabilir, yaşanacak da, ancak önemli olan, ahiret hayatı için düzenlenmiş bir evlilik mevcut mu, önemli olan, kriterler neye göre belirlenmeli, önemli olan, din mi evliliğe uydurulmaya çalışıyor yoksa evlilik mi dine sorularının cevaplarıydı...

"Şer'an koca, karıya küfüv olmalı, yani, birbirine münasip olmalı. Bu küfüv ve denk olmak, en mühimi, diyanet (dindarlık) noktasındadır. Ne mutlu o kocaya ki, kadınının diyanetine bakıp taklit eder; refikasını (eşini) hayat-ı ebediyede kaybetmemek için mütedeyyin (dinin emirlerini eksiksiz yerine getirir) olur. Bahtiyardır o kadın ki, kocasının diyanetine bakıp 'Ebedî arkadaşımı kaybetmeyeyim' diye takvâya (Allah'ın emirlerine uyup, yasaklardan sakınır) girer. Veyl o erkeğe ki, saliha kadınını ebedi kaybettirecek olan sefahete (yasak zevk ve eğlenceye düşkünlük) girer. Ne bedbahttır o kadın ki, müttakî (takva sahibi) kocasını taklit etmez, o mübarek ebedî arkadaşını kaybeder" (Bediüzzaman Said Nursi).

Evlilikte cüzdana, boya, fiziğe değil diyanet noktasına bakmalıyım ve denkliğimiz bu noktada olmalı. Zina eden ve gayri meşru işlerde olan bir adam dahi olsam eşimin diyanetine bakıp, eğer ben akıllı bir adam isem, eşimle sonsuz bir hayatta da birlikte olmak için, orada da benim eşim olması için, benim de onun eşi olmam için onu taklit ederek, sadece sebep sayarak, o farz kılıyor ise, teheccüd kılıyor ise kalkıp ben de kılayım demem gerekiyor. Bayan yanlış yolda ise, tesettürü yoksa, eşinin kazandığı bütün parasını dışarda dünyalık olarak yiyorsa, o da akıllı düşünerek ve kocasına benzemeye çalışarak Allah'ın rızasını gözetmeli. Ancak eşlerini taklit etmek yerine bildiğini okuyan ise ebedi hayat arkadaşını kaybediyor. Yani şaraplarını bardaklarına doldurduktan sonra rahat rahat şerefe diyebiliyorlar! Çünkü birbirlerinin ateşe atılmasında yardımcı olmayı seçiyorlar. Oysa çok seviyorlardı, sonsuza kadar birlikte olacaklardı, oysa birbirleri için yaratılmışlardı, hayatıydı, gülüydü, bal peteğiydi, canıydı, oysa sadece dünyanın en büyük yalancısıydı! Yüz yirmi kiloluk adam bile minik kuşuydu. Aslında İnancım burada bitmişti. Eşler Allah'ın istediği gibi kul olmadıkça akıbet sonsuz bir cehennem oluyor. Günahlarından dolayı cehennem azabı çeken kişi, vücudu ateşler içerisinde yanarken hareket etmek isteyecek, edemeyecek belki, dönmek isteyecek dönemeyecek, kalkmak isteyecek kalkamayacak. Hareket etmek istedikçe gövdesi genişleyecek, genişledikçe zincir onu daha da çok sıkacak ve ölmek yok, dirilmek yok, ayağa kalkmak yok, bayılmak yok, hiçbir şey mevcut değil. Acıkıyorsun, sana zakkum veriyorlar, yedikçe susuyorsun, susadıkça irin (iltihap) veriyorlar, içtikçe susuyorsun, susadıkça bir daha içiyorsun... Sonsuz bir azap böyle devam ediyor. Ufak bir ev tartışmasında bile ayrılsam mı diye düşünülürken, böyle sonsuz bir cehennem azabında sonsuza kadar seveceğimi söylediğim bir eş nasıl hatırlanacak? Yalnızca evliliğin imtihan olduğunun farkına varanlar, yani Allah var, ahiret var, kabir var, hesap var, cennet ve cehennem var deyip, bu kadar varın içerisinde bir Müslüman yokmuş gibi davranamaz deyip, Yusuf misali, değer miydi bir demet gül için koca kâinatı gül fabrikasına çeviren Rabbini unutmaya diyecek. Hatırlıyorum da üniversite zamanlarımda namaza durduğum anda çözemediğim geometri soruları aklıma gelirdi, anahtarımı bulamadığım anlarda, ne yapsam hatırlayamazdım ama namaza başladığım anda yeri gözümün önünde canlanırdı. İşte aynen öyle, evlenmeden birtakım hayallere kapılanlar evlendikleri zaman, belki bekâr iken akıllarına gelmeyen birçok şey evlendikten sonra akla geldiği zaman imtihan olduğunu daha net anlıyor. İmtihan bu ya, önce şartlar olgunlaşıyor. Hem kaç Yusuf kaldı ki aramızda hayâsı için dünya zindanına talip? Kaç Yusuf kaldı ki gömleğinin arkasından yırtılmasına razı olan? Kaç Yusuf yüreği kaldı ki cennet evini dünyadan gönderdikleri ile doldurmaya çalışan? Kavşaklarımın yol boyu devamlı onunla karşılaşması bir dünya mührüyle tesadüften ibaretmiş. Ben artık Rabbimin hayırla yürüttüğü yollarda Tevafuklara talibim. Seven, sevdiğini yalnızca O'nun huzuruna davet eder. Velhasıl kelam, evlilik öyle basit bir mesele değil, imtihandır imtihan. Burada kocattıkça cennette yaşatan bir imtihandır, imtihan...

'Hayırlısı'nın bir adımında ben Rabbime
firar ettim de geldim.

Geldim...

Bir kapı önündeyim, ne yaparsam yapayım aşamıyorum. Koca dünyada tükenir miydi çareler? Benimki tükenmişti işte ya da tüketmiştim. Sonuç aynı olunca sebeplerin bir önemi kalır mıydı? Ne hayallerle büyütmüşlerdi kim bilir beni, kimse bugünleri de düşünmemiş miydi acaba? Hep böyle mi olurdu, caddeler boyunca insanlar birbirlerini duymadan geçip giderler miydi derken dönüp bakıyorum durduğum yerden. Ciddi bir suret geçiyor karşı kaldırımdan, başı dar, sonu geniş bir caddedeyim. Hemen yanında kahkahalarıyla yanındaki arkadaşına molasız bir şeyler anlatan bir suret daha geçiyor. Ne vardı bu kadar gülünecek, hayır yani zemzem içmek için saat üçte cami avlusunda mı buluşacaktınız? Tam orada biri var, mütevazı giyimli, taş duvarların yanında hiç dikkat çekmiyor ilk bakışta ama birden ellerine kayıyor gözlerim, belli ki bir şeylere heyecanlanmış, resmen titriyor, bacaklarından bahsetmek bile istemiyorum. Birazdan heyecandan kırılacak da kaldırımın bir köşesine çökecek gibi, bir saatine bakıyor, bir yola, bir yola bakıyor, bir saatine. Merak ediyorum ben de, elimdeki telefonla uğraşır gibi izliyorum çaktırmadan. Yanına leyla edasıyla bir bayan geliyor, aksine, o kendinden daha emin, adımları daha sert. Birkaç dakika oldukları yerde konuşuyorlar, sonra oğlan merdivenlerin olduğu yokuşu işaret ediyor, belli ki oradan bir yerlere gidelim diyor ama ellerine bakılırsa, konu, sana öyle yanığım ki, Allah'ın emri Peygamberin kavliyle benimle şu merdivenlerden çıkar mısın'a doğru gidiyor. Gülüyorum, vay diyorum, demek böyle böyle yitiriliyor insanın utangaçlıkları. Fıtrat böyle böyle bozuluyor, zannediyorlar ki böyle başlanılan bir hayatta en büyük kavgaları evde abdest sırası için olur, tabii su parası kavgasını düşünen yok. Birden gülmemin yerini acı bir şeyler alıyor, alevler sarıyor gözlerimin önünü, az önce elleri titreyen o oğlan şimdi kızın ellerini avcunun arasına sarmış yürüyor. Mevsim de kış değil ama karlar geliyor aklıma, beyaz tanelerin arasında kalmışsındır, artık soğuk bütün bedenine nüfuz etmiştir, ölüyorsundur ama sen anlamazsın yavaş yavaş uyuşurken. Bir cadde ortasında gördüğüm manzara da tam böyleydi. Bilseler yaparlar mıydı hiç, bilseler yürürler miydi ateşe? Burada ateş var desem kimseler de inanmazdı bana, ama küçücük bir çocuk çıksa, bir kovanı gösterip burada arı var dese, sokulmamak için kaçarlardı. Demek şeytan pek bir kurnazdı.

Nice gidenler vardı, dönüşlerini savsaklayan. Özlemenin yetmeyeceğini anlatıyordu, anladım, yetecek bir şey de yokmuş aslında. Olayın pek de bir numarası yok ama gönül bu, dinler miydi ferman, dinletmesini bilmezsem? Bir fenerin altındayım, elimde bir mum dalgalanıyor. Belli ki yandıkça anlatıyor, belli ki yandıkça dile geliyor. Yanmasaydık nasıl çıkacaktık aydınlıklara? Serin sular herkese serin gelmezdi elbet, yanan bilirdi tadını. Hem ben çaysız yapamazdım, yanmasa ocak, nasıl demlenirdi? Hangi buğu yeter bu camların sislerini silmeye, hangi gözyaşım temizler ki içimin karanlıklarını. Ben de yanıyorum şimdi bir mum dibinde. Eridikçe eriyor, bitiyor ama ben doldukça doluyorum. Hem sadece ışıklar mı aydınlığa yol olurdu? Kendimi yüz ışıklı iki kare içinde hayal ediyorum, ışık gözlerimi öylesine almış ki, önümü göremiyorum. Demek onun da bir ayarı gerekirdi, demek fazlası kör de edebilirmiş. Acı da böyle değil miydi? Dayanamadıklarım da aslında bir ayar, bir düzen içerisinde değil miydi? Vücudumun acıya dayanmak için bir seviyesi vardı ve bunun üzerine çıkarsam ya bayılır ya da en fazla ölebilirdim. Acıyı ölmek zannediyordum galiba. Kaç gece, ağlamalarım, yüzümü yıkamışken bayılmıştım ki, kaç gece düşüp kalmıştım. Pek de zannettiğim kadar dayanamayacağım şeyler değilmiş aslında. Bedenin bir seviyesi vardı da ruh başkaydı. Bu yüzden beden ölebiliyordu ama ruh asla. Bu yüzden mi ruhum yalancı aşklar içinde bu kadar çalkalanıp acımıştı? Tabağı bulaşık makinesi yerine gidip çamaşır makinesinde yıkamıştım. Kırılması makinenin mi suçuydu şimdi? Her şey geçerdi de içimdeki şu pişmanlık, şu his, orada ben ölene dek kalacaktı. Kalsın da zaten, kalsın ki yalancı aşklarla daha fazla oyalanmayayım.

Sokak başından kestane kokuları geliyor burnuma, bak, ateş olmasa nasıl kokacaktı bu kadar? Bazen pişmek için ateşin hararetinin artması gerekir, ondandır belki de geldi mi üst üste gelen problemler. Nasıl da sahiplenmişim şu yalancı dünyayı gelip geçiciyken, nasıl da cennet belleyip çok şey beklemişim... Bir öğretmen edasıyla yaklaşıyorum sınav kâğıtlarıma. Sene içerisinde ne öğretsem her birinden bir bir de sorgulardım, diyorum. Ben anlatmışım, emek vermişim, sınav yapmadan olur muydu, diyorum. E acılarım ne diye sızlanıp durursunuz, her bir hücrenin, her bir duygunun, her bir organının imtihan edilmeden bırakılması mümkün mü? Oh be, nasıl rahatladım şimdi. Üşüme hissini veren Allah soğuğu vermese nasıl anlayacaktım bu hissin bende olduğunu, sevme hissini veren Allah sevilecek şeyleri de vermese nasıl anlayacaktım seven bir varlık olduğumu... Saatim çalıyor. Buyur ediyorum, biri hayırlısı, biri tevafuk, biri nasip adında üç ihtiyar giriyor içeri. Dilim dönmüyor isimlerini söylemeye, beynim varmıyor konuşulanları aynı hicaz telinden duymaya. Sonra içime bir anlayış düşüyor, ne çok ihtiyarlatmışım dilimden uzak ederek sizi... Kullanım kılavuzumu okumamıştım ki bileyim! Bütünlemelere kalınca akıl başa geliyor elbet. Yürüyebilmem için yollar vardı mesela, görmem için sanatlı görseller, duymam için birbirinden güzel sesler. Elbet bu teçhizatları veren Rabbim kullanabileceğim yerleri de verecekti. Avuç içlerime bir el aramama hiç gerek yoktu, yani vakti gelene kadar sıcak bir çay bardağı da aynı hissi verebilirdi, yeter ki gönül Sahibinin yanında olsun. E bazen ateş sudan ziyade temizlik yapıyordu, insan bunu geç anlıyor ve kaçınılmaz son utanıyordu.

"Aşk, şiddetli bir muhabbettir (sevgidir). Fâni mahbuplara (gelip geçici sevgilere) müteveccih (yönelik) olduğu vakit, ya o aşk kendi sahibini daimî bir azap ve elemde bırakır. Veyahut o mecazî mahbup (sevgili), o şiddetli muhabbetin fiyatına değmediği için, bâki (devamlı, kalıcı) bir mahbubu arattırır; aşk-ı mecazî (gelip geçici sınırlı güzelliklere duyulan sevgi), aşk-ı hakikîye (güzelliğin ve sevgiye layık her şeyin sahibi olan Allah'a duyulan şiddetli sevgiye) inkılâp eder" (Bediüzzaman Said Nursi).

Küçük adımlarla başlayan o hoşlanmalar şiddetle arta arta feci bir sona doğru kayıyordu. Kaymıştı ayaklarım böyle de, istemsizce kaymıştı, meğer yolda buzlanma varmış da ben uyarı levhalarını dikkate almamıştım. Gittikçe artan bir şiddet gelip geçecek fani şeylere yoğunlaştıkça, içim de o azap senin bu dert benim diye diye tökezlemeye başlamıştı. Tökezledikçe, sevmenin bu olmadığını anlıyordum ama içimdeki sevme isteğiyle gerçek bir his istiyordum. Aynalardan sıkılmış asıl bir suret peşinde dolanıyordum. Biyolojide olan enzim ve substrat, yani anahtar kilit ilişkisi tam da beni anlatıyordu. Aradaki ilişkide enzim sapa sağlam çıkarken, substrat paramparça oluyordu, tıpkı ben. Ama suç kesinlikle makinenin değil, ben o tabağı bulaşık makinesinde yıkamalıydım. Sonsuz bir sevme kabiliyetini alıp fani mahbuplarda son buldurmuştum. Ah canım, bahçede çınarım. Gelmezsen öleceğim sanırdım. Gitmelerin ile kendime geldim, "Hayırlısı"nın bir adımında ben Rabbime firar ettim de geldim... Şimdi bu anahtar bu kilide nasıl olacaktı? Yanlış anahtarla hangi kapı açılırdı ki ben bu kadar zorlamıştım, işin kötüsü, anahtar kilidin yuvasında kırılıp kalmıştı. Çöplüğe döndürdüğüm kalbime dönüp baktığımda mutsuz bir parça görmüştüm. Bir ömür mutlu olmak için sevip, bir gün de olsa mutlu olmak için görmek isteyip, geri kalan haftanın altı günü mutsuzlukla geçiyordu. Demek bu işin isotu fazla kaçmıştı. Bu sevda yanaklarımı sıkmasa da olurdu, canımı sıkmadıktan sonra. Bir üzüm tanesi yemiştim hem de yasak olanından, Allah da on tane tokat attırmıştı. Her tokatta daha da kendime geliyordum. Üzüm ağzımda ekşimiş, acılaşmış, mideme kadar yanıyordum artık. Yana yana çıkacaktım aydınlıklara elbet.

"İnsanlar, insana verilen cihazat-ı mâneviyeyi (manevi duyguları), eğer nefsin ve dünyanın hesabıyla istimal etse ve dünya-

da ebedî kalacak gibi gafilâne davransa, ahlâk-ı rezileye (kötü ahlak) ve israfat (savurganlık) ve abesiyete (faydasız, gayesiz oluşa) medar olur. Eğer hafiflerini dünya umuruna (işlerine) ve şiddetlilerini vezâif-i uhreviyeye ve mâneviyeye sarf etse, ahlâk-ı hamîdeye (övgüye değer huylar) menşe (kaynak), hikmet (fayda, amaç) ve hakikat muvafık (uygun) olarak saadet-i dâreyne (iki dünya saadeti) medar (sebep, kaynak) olur" (Bediüzzaman Said Nursi). Allah'ın bana verdiği manevi organları, letâifleri dünyada kullandıkça tabaklarım bir bir kırılıyordu. Sonra ilişki durumum niye, eller kadir kıymet bilmiyor anne, olup çıkıyordu. Allah'ın koyduğu kuralları unutmuştum. Unutmak da benim yalanım aslında. Unutmak istemiştim, işime öyle gelmişti. Allah'ın beni her saniye gördüğünü bilerek nasıl nefsimin arzu ve isteklerine uyabilirdim ki? Zayıf düştükçe korkularım artıyordu amaçsızca, gerçekten amaçsızmış, Allah beni her saniye görüyorken kim bana zarar verebilirdi O (cc) istemedikten sonra? Ben Allah namına severdim de Allah beni hiç yarı yolda bırakır mıydı? Allah namına alan, Allah namına veren, Allah namına isteyen biri nasıl olurdu da harama bulaşabilirdi? Ben kendimi bunlardan uzaklaştırdıkça dünya namı işin içerisine girmişti. Gaflet perdesi gözlerime inmişti, nefsim adına sevmiştim sonucunda da taklaya gelmiştim.

Dilime bir şeker değdi, yumuşak, parlak, narin bir tat. Sonu yoktu bu lezzetin, dünyadan uzaktı. Kulaklarım aynı cümleyi duyuyordu devamlı, dilim aldığı lezzet ile hakiki bir muhabbetin sarhoşu olmuştu. "Ya Baki Entel Baki!" Baki olan yalnızca Allah'tı. Gelecek ve gidecektik. Gelecek ve geçecektik. Allah ise hep Baki, yok O'ndan öncesi de sonrası da. İnsan nasıl severdi bu gerçeklerin ortasında kırılgan cam şişelerini? Nasıl elmas düsturlara değişebilirdi bu fani sevmeleri? Kor, alevleniyordu bu esintiyle, Allah'tan başka her şey faniydi, her şey. Ben bile faniyken, hangi yollara göz koymuştum ki? "Ya Baki Entel Baki" aklıma mıh gibi kazıyorum şimdi, çıkmamacasına, dilime, kalbime, damarlarıma, bütün hücrelerime kadar işlemem gerekti. Tekrarladıkça tekrarlamam, tekrarladıkça içime sindirmem gerekti. Allah'ın bana verdiği kabiliyetler ile bütün mevcudat ile alakadardım. O kadar dünyaya bel bağlatmışım ki, her şeye vurmuştum "ben mührünü". Güneşi benim saymışım, geceyi gündüzü benim saymışım, evimi, arabamı, hayatımı, beden elbisemi bile benim saymışım. Oysa şuracıkta şimdi ölsem, güneş doğmaya devam edecekti. Her şeye bir mühür vururken, kendimdeki o Sanatlı mührü görememiştim. Ben dursam onlar gidiyorlar, ben gitsem onlar duruyorlardı. Burada buluşmak için gelmemiştik. Çıksam sokağa, başkasının arabasına el koysam canıma okur, okumakla kalmaz, çok rahat bir şekilde de ispat eder ona ait bir mala kendi mührümü vurduğumu. Ya da çıksam, herhangi bir eve girsem, şu koltukların yerini beğenmedim diye değiştirsem kim izin verirdi buna? Allah'a ait ne varsa kendi kafama göre kullanıyordum. Ucuz yolu bulmuştum tabii kendimi bir şeylere yarar zannetmek için. Boyasaydım ya gökyüzünü maviden yeşile, becerebilir miydim? Deterjan reklamlarına bakacak olursak tek derdimiz nar ve çimen lekesi. Sanırsın sabahtan akşama kadar çimlere yatıp nar yiyoruz. Oysa şu aciz bedenim boyundan büyük ne işlere kalkışmış. Allah ne diyordu, *"Onlar Allah'ı unuttular, O da onları unutturdu" (Tevbe Suresi 67)*, insan olarak vefasızlığı küçücük adaletlerimize sığdıramazken, Allah neden nankörlüklerimize karşı hak ettiğimizi vermeyecekti ki, bunu mu bekliyordum delirmiş gibi. Yardım ettiğimiz birinden bir vefasızlık görsek hemen sırtımızı dönmeye meyilli faniler olarak, bunca nimeti veren Allah bir de dert gönderiyordu ki kaybeden olmayalım diye. Elimde ne varsa gidecek, öyleyse onlar beni terk etmeden ben terk etmeliyim, dünya beni kusmadan ben onu kusmalıyım. Bunca nimet zaten benim için verilmişti, en güzel eş benim olabilirdi, en güzel araba benim olabilirdi, en güzel ev benim olabilirdi, en güzel iş, en güzel aile... Allah zaten bu güzellikleri bunun için vermişti ama bağlanmayacaktım, temel kural buydu, bağlanmayacaktım! Allah bize dünyada cenneti yaşayın demedi ki! Beş kuruş etmez bir yerde arayın, Beni bulun dedi. Buna imtihan dedi. Razı ol, Bana kavuşacaksın dedi. Allah adına sevmenin güzelliğini taşıyorum şimdi. Bir mayhoşluk deryasından uyanmıştım, dünyaya yeni gelmiş gibi bir ağlama ile siliyordum yanlışlarımı. Öyle silgiye falan da gerek yoktu, tövbe varken ne izi kalırdı ne varlığı. Ben bütün bunlara çabalarken, nefsim son ses müziği açmış bağırıyordu "ya evde kalırsan?" Seni çocukluğunda üç kere havaya atıp iki kere mi tuttular, ey nefsim? Arıların yörüngesini belirleyen Allah'ın bana bir yol çizmediğini mi zannedeceğim sana uyarak, üstelik ölüm her an kapıdayken. Ne yani, cehennemde mi kalayım evde kalmayayım diye? Hem "belki aynı mescide başka zamanlarda adım atmışızdır" saçmalıklarından çıkıp, Rabbime yönelip tevekkülümü ediyorum artık. Dilim ateş olmuşken susup, Allah görüyor, demenin sıcaklığına tutundum. Ne yapayım, onların sevgilileri iki jest olsun fikriyle kafalarından aşağı gül döküyor, benim Sevgilim (cc) hem gülü yaratıyor, hem de kafamdan aşağı rahmet taneleri yağdırıyor, nasıl sevmeyim, nasıl vazgeçeyim!

Yolları yılanlara benzetip durmuştum, sebebi, kıvrılan yol ayrımları değildi elbet çünkü ayrılıklar da zehirleyebilirdi insanı. Önce fani sevdalarda zehirlenmiştim, her ayrılık, her veda azar azar kanıma karışıyordu. Helal sevda yaşayanlar ekmeği tuza banıp banıp yer gibi seviyorlardı, biz ise haram sevdamızla Nusret'in vejetaryen olması kadar saçmaydık sevgilim.

Öldürmüyordu da, sadece süründürüyordu. Omuzlarımda tuttuğum ağırlık, can verdiğim savaşlar, yüzümü kemiren bu umutsuzluk sadece süründürüyordu. Her şey yerli yerinde gibi görünüyordu bu ayrılıkta, bir tek şey dışında. O da, ben... Ellerime dokunmayı düşünseydim hissederdim, yüzüme bakmayı düşünseydim can çekişlerimi anlardım, kirpiklerime dokunmayı düşünseydim gözyaşlarım ellerime süzülürdü ama ruhuma hiç dokunamamıştım. Ne kadar da zehirli hallerdi aslında tüm bunlar. Fakat içimden bir vaveyla kopuyordu artık, hissediyordum. Düşlerim acıtıyordu canımı, biliyorum, kaçıyordu, kaçışı varmış gibi, gelmez, görmezmiş gibi. Artık zehirlerin ne denli uyuttuğunu görebiliyordum. Budur sanmıştım zehirli ayrılıklar, böyle olur sanmıştım. Oysa en büyük, en gerçek ayrılığımı görmem zaman almıştı, almıştı ama fark etmenin ânı içerisindeydim. Rabbimden ne çok ayrılıklar seçmiştim kendime. Çalma listemi ne çok yalnızlık parçaları ile süslemiştim. Dile bile ağır geliyor söylemesi ama lisanı halim ile Rabbimin yolundan ayrılmak istemişim meğer. Nasıl Allah'tan ayrılmayı ister aklı başında bir beden, şimdilerde aklım almıyor! Öyle bir ayrılıktı yaşadığım, gök suyunu yutmuş, yer suyunu tutmuş, toprak ekinini saklamış, dünya rengini griye çalmıştı. Öyle bir ayrılıktı ki yaşadığım, yakınlar uzak olmuş, bir bataklıkta yürümüşüm de durmuştum. Yürüdükçe beni içine çekmiş, elim, yüzüm çamura batmış. Kör olan gözlerim anlamamış, kör olan hislerim fark edememiş nerelerde olduğumu. Ne zormuş bir seccade dibinden ayrı kalmak. Meğer Allah'a boyun eğmeyince her şeye boyun eğer olurmuş beden. Her şeyi kendinden bilen bir gurur da cabası. Bir'e itaat etmeyen binlere itaat ediyormuş aslında. Ne zehirli bir ayrılıkmış benimkisi. Dünya bir parmak bal vermiş, gerisi zehirmiş, kavanozun dibine ulaşıp da çakılınca nasıl da açılıyordu gözüm.

Avuç içi kadar ömrümü ziyan etmek, kendime hazırladığım ayrı bir sonmuş. Şimdi bulduğum ahu bir deryada açılıyor gözlerim gerçeklere doğru. Bir "Ya Baki Entel Baki" çekiyorum, saçılıyor bütün sancılar. Fark ediyorum ki, aşılmaz sandığım duvarlar sadece kafamda yaşadıklarımmış. Meğer Allah "Ol" derse kâinat hizmetçi olurmuş. Bir yol azığı hazırladım kendime, hayırlısı diye diye süslediğim. Artık bütün yolculuklara evvela ben hazırım.

Bir yaprak parçası olayım Ya Rab yanında, Sen nereye istersen ben oraya savrulayım. Dallara takılırsam, düşer de incitirsem dizlerimi hiç ziyanı yok. Güneş yakarsa tenimi, sular boğarsa içimi ziyanı yok. Bir yaprak parçası olayım yeter ki Ya Rab merhametinin yanında, Sen nereye istersen ben oraya savrulayım. Asmalarda takılır da kalırsa ayağım, ziyanı yok. Sen ne istersen ben o yana savrulayım. Bir taş olayım Ya Rab Senin yanında, Sen nerede sert durmamı istersen ben orada Senin davanı savunayım... Bir su olayım Ya Rab Senin yanında, Sen nereyi safir yapmamı istersen ben orada akayım... Bir lal olayım Ya Rab Senin yanında, Sen nerede istersen ben orada parlayayım... Belki biraz kör, belki biraz sağır olurum ama Sen ne istersen ben onu konuşayım. Üstümü başımı çok eskittim bu dünya yollarında gele gide Ya Rab, Sen beni istediğin yere savur, ben orada eskiyeyim. İçim Senin adınla çürüsün, dışım Senin adınla çürüsün. Çürüsün ki ahirette yeniden var olayım, çürüsün ki ben bir Sende tutunan Mecnun olayım, Leyla'mı istemem gayrı, hangi aşk sözcüğü Senin bir "kulum" demene denk düşer ki Ya Rab? Ben diyeyim bir yaprak, ben diyeyim bir kuyu dibi, ben diyeyim bir filizin son tomurcuğu Sen ne yana istersen oraya savur Ya Rab. Can da Senin Canan da, Ya Rab göynümü yolunda koşarken çatlat!

"Dünyada nerede kırıldıysan şimdi git cennetin o köşesinde tamir ol" demene talibim Allah'ım!

Neden Mutlu Olamıyorum?

Dört mevsim vardı bir yeryüzünde. İçimin mevsimlerini sormadan dört mevsim saymışlardı gözlerimin gördüklerini de. Bana sordunuz mu, demek istiyorum, vazgeçiyorum. Öyle bir boş vermişlik haliyle takırdatıyorum sandalyemi. Gıcırdayan kapı gibi duygularım, yağlasam düzelir mi? Geç kalmışa bir saat versem, öğretsem sayıları artık bir şey ifade eder mi? Yokuştan inmesi kolay da ah o çıkması, uyuması kolay da ya uyanması...

Kelimeler cümlelerden bölünüyordu, kendilerini asıyorlardı her bir harfin karmaşasında. İpler sarkıyordu durmayan düşünceler arasında. Biri çıkıp kesseydi, sustursaydı belki ya da neyse. Kaçışlar, tahammüller yastık altı ziyneti olmuştu. Bir azığım vardı iyilerle haşır neşir olduğum, bir orman ortasında kaybetmiştim. Yani kısaca, ben yaşadıklarımdan çıkardığım derslerden kalmıştım. Hangi ağacın seslenişiydi bilmem yön tarifleri, ben bir yerlerde kaybetmiştim. Elimde bir pusula vardı ama ibresi kopmuş, ben kalmıştım öylece. İncitmek istemiyordum otları eze eze geçerken, durmak istedim. Durmak ve sadece öyle kalakalmak. Bir yeşil istiyordum sorumsuzca bana bağlı, adımları takip edebilecek bir cesurlukta. Düşsem, kalsam dedim şuracıkta, dinlemedi beynim, yürüdüm ben de, geçtim gittim zarif otların arasından sessiz bir adımla.

Kuş tüylerinde uyumuşum da, rüyamda Ay'ın sokaklarında gezmişim gibi bir geceden sabahına uyanıyorum, ortada hiçbir sebep yok iken sanki dünya üzerime üzerime geliyor. Sanki beni yeryüzü arasında sıkıştırmaya ant içmiş gibi sıkıyor da sıkıyor. Portakal mı sıkıyorsun, biraz sakin, demek istiyorum ama sesim çıkamayacak kadar cılız. Keşke birisiyle tanışırken alnında imdb puanı yazsa da, yedinin altındaysa boşa vakit kaybetmesek. Uyanmışım da geçmişim bir yanı kırık, paslı aynamın karşısına, çocukluğum geçmiş bir yandan bir yana. Uyanmış da okula gitmek istememiş gençliğim geçiyor diğer tarafa, miskin miskin işe gitmek istemiyor o da belli ki. Nereden çıktı şimdi birden bu kabz hali diyorum kendi kendime. Sırası mıydı? Ruhum sanki iğne kutusunun içerisine girmiş de sıkışmış gibi, sıkışmışım da hareket etmek istedikçe o iğneler ruhuma batmış gibi. Elmanın çekirdekleri gibi hissettim bir an kendimi. Oysa o şikâyet etmiyordu, yerinden memnun gibiydi. Memnun olsa ne olacak, çıkarıp atmıyor muydum bir kenara? Ne savurganmışım fütursuzca atarken, ne de kabaymışım. Hasretim hazır cevap insanlara değil, hazır dualı insanlaraydı. Sağa sola döndükçe batıyor iğneler ruhuma. Ama bir gariplik var, karıncalandıkça değişiyor elimin, ayağımın hisleri.

Saatler ilerliyor, tik tak, tik tak, bir anda duruyor bir durakta, buluşma ayarlamışlar gibi. Yazın ortasında yanmışım da yağmurlar yağmış gibi üzerime. Serin bir şeyler aramışım da ağaçlar gölgesi altına sarmış da sarmalamış gibi. Üzerime siniyor bir bast hali. Rahatlıyorum birden çünkü her gecenin bir sabahı var ve güneş, gelen emir ile hiç şaşmıyor doğuşundan. Aydınlatıyor nerede karanlık toprak varsa, aydınlatıyor ne kadar ışığı sönmüş ev varsa, öyle doğuyor işte kalbimin karanlık noktalarını bilir de el uzatır gibi. Aramış da kahveye gelmiş gibi. Bilemezdim nasıl deli bir ırmaktır zaman. Sevinçler büyür, umutlar yeşerir. Allah, kalbimdeki bütün çizikleri de iyileştirirdi, ancak sadece biraz sabır, biraz zaman. Her kışın bir baharı var elbet, yoksa nereden özlenirdi çiçeklerin kokusu, nereden anlaşılırdı baharın hasretliği? Yağmurlar mesela, yağmadan nasıl da haber verir sislerinden. Yeryüzü bunalır da bunalır, çiçekler yönünü değiştirir, insanlar gözlerini göğe diker, hayvanlar sığınacak bir delik arar. Yağar sonra, öyle dolmuş da dolmuş, hıçkıra hıçkıra yağar sanki. Ne ilginçtir, yerçekimi dediğimiz kuvvet dokunamaz bile ona. Çıksam bir binanın yüz ellinci katına, atsam elimdeki sarı defterimi, hızlanır da hızlanır, çakılır kalır aşağı. Hele bir de oradan geçen varsa, vay haline... Peki ya yağmur? Nasıl da süzülür kilometreler öteden narin narin, zarifliğini şiirlendire şiirlendire nasıl da dokunur tenime. Yerçekimine kalsa, koca bir kütle olarak indirirdi kafamıza, her bir kütlede bir insan daha silinirdi yeryüzünden. "Rahmet yağıyor" derken boşa değilmiş cümlelerim, Rahmet Sahibi (cc) tarafından bir rahmet süzülüyormuş yeryüzüne. Eyüp sabrım yoktu benim, Yusuf da değildim kuyuda ama yine de umudum var Rahim olan adında Ya Rab. Yeryüzünün o kabz halinden rahmetle yağan yağmurlar bir de gökkuşağına bıraktı mı yerini, al sana bast hali. Ne de rahatsın şimdi topraklar, ne de doydunuz. Ondan mıdır bu güzel koku, çayım da demlenir gibi.

Salına salına biniyorum bir kayığa. Rengi eskimiş, açık bir maviye sevdalanmış olanından. Sarılıyorum küreklere, ha gayret diye diye yükleniyorum kollarıma. Açılıyorum şöyle bir masmavi denizlere, su nasıl da şeffaf, sanki dokunsam dibine değecek ellerim. Güneş yakmıyor tenimi, gözlerimi kısmadığımdan yüzümde de pek bir ciddi tavır var. Hayal ediyorum karşımdaki kırmızı şemsiyeli ruhumu. Hayal ettikçe, sanki yaklaşıyorum ona, alıyorum onu da, oturtuyorum yanıma, artık kayıkta iki kişiyiz. Biraz küçükçe bir kayıkmış ama olsun, ayaklarımı toparlayınca sığabiliyoruz. Nasılsın bile demeden konuya giriyorum, grip olunca koştuğun eczane gibi var mıdır ruhumun grip hallerine de bir çaren, diye. Sebebini bilemiyorum, bazen üç gün sürüyor, bazen bir hafta sürüyor, bazen bir ay sürüyor, bazen bir yıl sürüyor ama sebebini bir türlü anlayamıyorum. Ortada somut bir şey de yok, ben neden bu kabz haline giriyorum, neden bu daralma var? Bardak kırılsa gider değiştiririm, saatim dursa gider pil alırım, ama bilemiyorum nedendir bu hal... Utanıyorum ama düşünmeden de edemiyorum Allah neden beni böyle sınıyordu, neden imtihan ediyordu. Daraldıkça daralan içimin ne faydası vardı ki bana? Aklıma düşüyor Sabri abi. Yalnız olmadığımı anımsıyorum. Üstad Bediüzzaman Said Nursi'ye gidip de dile getirmişti, sebebini bilmediği ama günlerce süren bu kabz hallerini. Şöyle cevap vermişti Üstad: *"Eğer sair (diğer) teellümât-ı ruhaniye (ruhun çektiği elemler, acılar) ise, sabra, mücahedeye alıştırmak için Rabbanî bir kamçıdır. Çünkü emn (eminlik) ve ye'sin (ümitsizlik) vartasına (tehlikesine) düşmemek hikmetiyle, havf (korku) ve reca (ümit) müvazenesinde sabır ve şükürde bulunmak için kabz-bast hâletleri celâl ve cemal tecellîsinden in-*

tibah ehline (hak ve hakikati anlayıp yanlıştan dönenlere) gelmesi, ehl-i hakikatçe medâr-ı terakki (yükselme, ilerleme sebebi) bir düstur-u meşhurdur."

Bir yudum nefes çektim içime, denizin altından yeni çıkmış gibi. Sanki o beni değil de ben onu taşıyormuşum gibi. Birden denizin ortasından bir yıldız göz kırptı bana, belli ki o da dinlemek istiyordu, onu da misafir ettim, artık üç kişiydik. Nizamlı ve intizamlı bir yıldız parçasına döndüm, haftalardır konuşmuyormuş gibi başladım konuşmaya. Başladım ama bir üçüncü kişinin varlığı hayli telaşa sebep oldu içimde. Geçici olarak duyduğum ıstırap ve sıkıntılar, sabra ve mücadeleye alıştırmak için Rabbani bir kamçı görevi görüyordu. Bir koyun sürüsü geçti denizin ortasından, bir de arkalarından elinde kamçısıyla çoban. Sürü ne kadar da sakindi, ne kadar da yolu ezberlemiş gibi ilerliyordu. Sağa kaçan yoktu, sola kaçan yoktu, koca bir sürü, tek bir yol şeridinde yürür gibi gidiyordu. Bir kamçıydı işte yol tarif eden, adresi gösteren, bir kamçıydı dürtüsünü hissettiren. Ne kadar da zarif göründü her şey bir anda. Rabbani bir kamçı edasıyla gözlerim açıldı sanki. Şurada bir yosun vardı, resmen gülümsüyordu bana, evet resmen bana gülümsüyordu. El salladım ona, görüşürüz dedim bir anda. Düşünerek mi söylemiştim bunu, bilemedim ama umarım görüşürüz küçük yeşil tebessüm, umarım görüşürüz. Bir kamçıydı tembelliğimden uyandıran, bir tebessüme mazhar eden. Bir gülümsemeye ne kadar da ihtiyacım varmış. Bu puslu yolculuğa çıkmamış olsam, fark etmeden geçecektim, küçük yeşil bir tebessümü. Demek insan kabz haline girmeden aczini, fakrini anlayamıyordu. Hey küçük dağlar, selam olsun size! Şimdi kalbimin en kuytu köşelerinde haykırıyor imanım; ALLAHU EKBER, diye... Ateşler içerisinde sabaha kavuştuğum gece geldi aklıma, bırak yataktan kalkmayı doğrulacak halim dahi yoktu. Nasıl da acizdim, oysa bunu koşup giderken anlayamamıştım, anlayamazdım da çünkü zannediyordum ki yürüyen benim, konuşan benim. Aslında ben hiçbir şeymişim. Hem de hiçbir şey. Kabz halinde anlıyordum, ben acizim, ben yardıma muhtacım, ben günahkâr bir insanım... Günahkâr biri olduğumu bildikçe yaklaşıyordum Rabbime, demek yanlıştaydım ve beni kendime getirecek sadece Allah'tı. Dünyada nerede kırıldıysan şimdi git cennetin o köşesinde tamir ol, demene talibim Allah'ım. Doğru yolda olduğumu sanmıyordum, ancak bu doğru yol Allah'ın bir ikramı olurdu, artık biliyorum, ben bunu tek başıma yapamam. Adım adımdı her şey ve ben anlamak ile başlamıştım. Mesela spor salonları, ağırlık çalışanlar, onlar da böyle adım adım ilerlemiyorlar mıydı? Önce en hafif ağırlık ile vücut kendini topluyor ve sıradaki gelsin demiyor muydu? Kim bir anda yüz kiloluk ağırlığı kaldırabilirdi ki? Çocukken bir anda üzerime bir evin derdi yüklense kaldırabilir miydim? Elbette hayır, bu yüzden, en büyük sorunum kanayan dizlerimdi. Seni bu sudan çıkarsam minik bir yıldız olarak tutunabilir misin bir sahil kasabasında? Ama ben nasıl da bayılırdım, şöyle sessiz bir sahil kasabasında geçirsem hayatımın son yıllarını. Ellerine versem kürekleri, şu kayıkla beraber götürebilir misin bizi bir sonraki sınıra kadar? Bir çocuğa da versem kürekler işlevsiz kalırdı, tam da bunun gibi işte. Önce otuz, kırk kilo başlıyorum ki ağırlığa, yavaş yavaş açılsın kaslarım ve gelişmeye başlasın. Ve zaman geçtikçe yüz otuz kiloları görebiliyorum. En başında kaldıramadığım o yüz kilo ise artık hafifliyor, kaslarım için bir zorluk kategorisinde durmuyor. Bedenimin bir kas sistemi vardı da ruhum eksik mi kalacaktı? Gelecekte karşılaşacağım her bir duruma karşı ruhumun da kas sistemlerinin gelişmesi gerekiyordu. Bundandı o kabz hallerim, bundandı çayın dumanının elimi yakmaması. Yavaş yavaş oluyordu her şey ama bana neden ağır geliyordu bir anda? Ne kadar güçsüz bırakmıştım ruhumun kas sistemlerini de. Anlamını idrak edemeden, şekersiz bir çayla şekerli bir çayı ayırt etmeden yudumlamıştım. Gelen musibet ve belalar benim ruhumun ağırlıklarıydı. Bir anda en zorlarını kaldırmam mümkün değildi, bu yüzden, en alttan başlamıştım imtihanlara tabi tutulmaya. Bunları yaparken ne kendimden çok emin olmalıydım ne de ümitsiz. Yani bu yolu tamamlarken içimden kendinden emin ama asla ümitsiz olmayan bir gökkuşağı çıkmalıydı. Bir hastalık esnasında sağıma dönecek gücü bulamazken nasıl kendinden emin olabilirsin ki diyorsun şimdi değil mi? Unuttun mu küçük yıldız, ben bir insanım. Allah'a ibadet ederken güç bulabilirim. Ama eğer kendimi beğenerek ucb hastalığına tutulursam, zararda olurum. Bazen böyle olur insan ya, kendini dev aynalarında görür, amansız bir kibre tutulur ya da tamamen ümidini keser, kendini atar bir köşeye, sanır ki günahlarından dolayı artık cehennemlik. Kahveme bir şeker atsam az, iki şeker atsam çok olur. Bir denge üzerine doğmuştum. Beni dengede tutan bir dinim vardı, nasıl şeytanın kendinden fazla emin olma ya da ümitsiz olma vartasına bırakabilirdim ki kendimi? Nasıl sığ sularda bir geminin kaptanı olabilirdim?

Kendimi kaptırıp en iyisi olduğumu düşündüğüm işlerin içerisindeyim. Hatırlıyorum, şöyle bir kıyısından bakarak. İlişmeyeyim diyorum ama, ne ibadet ettim be, dediğim geceye kayıyor fikrim. Sanırsın aşere-i mübeşşereden biri olmuşum 10+1 cennetle müjdelenmişim, bu ne eminliktir! Bu eminlik bir kaşık suda boğar beni. Aç bir kaplanın önüne atar da lime lime kıyar canıma. Gırtlağıma kadar yapışır da bırakmaz nefsim. Ama yok, bunlara Bir izin vermeyen var. İşte bu yüzden düşüyorum bir kabz haline. Yolundan çıkan koyun olmama izin vermeyen bir kamçı var da dürtüyor beni. Bir bakıyorum ne asiliğim kalmış, ne eminliğim, ne kendime güvendiğim bir hâlim. Kendimi nefsimle yıldız tozu zannederken, bir de bakıyorum ki küçücük bir leblebi tozuymuşum! Ben günahkârın tekiymişim, acizmişim, muhtaçmışım, ben siyah ayakkabı bağlarımı bile kendim bağlayamazmışım. Havam bir anda sönüyor, nefsimden fıs diye bir ses çıkıyor. Ama beni sapıtmaya ant içmiş bir düşman durur mu hiç? Tam da bu anımdan yakalıyor beni, "bak nasıl da küçücüksün, ne kadar da günahkâr, senden artık bir halt olmaz" diye çıkıyor ortaya. Bakıyorum günahlarıma dayanmış boğazıma, nasıl affedileceğim ben, diyorum, bir an Allah'ın rahmetini unutturmak için boyuyor gözlerimi, e günahlarım da üzerine tam bir bal sürüyor zaten, ezildikçe eziliyorum. Tamam, diyorum, bitti, leşin biriyim, layığım cehennem. Unutuyorum nefes aldığımı, unutuyorum nefes aldıkça tövbe kapısını çalmak için verilen varlığımı. Bir kamçı daha dürtüyor beni, adı bast, selam veriyorum, sokuluyorum yanına. Kendimi, hissettiğim sıkıntılardan, cehennem azaplarından bir rahatlama halinde buluyorum. Donarak ölmekten kurtuluyorum. Soğuk bir akşamüzeri yağan karın altından bir ayaz selamlamış da, donmuş ellerimle sıcacık bir şömine başına sığınmışım gibi gevşiyor kemiklerim. Rahatlıyorum da rahatlıyorum. Ya olmasa şu sıcaklar, buz tutsa bedenim, nasıl bir acıdır o hal? Sadece ateş mi yakardı insanı, o keskin soğuk da yakmaz mıydı? Bu yüzdendi kabz ve bast halleri.

Küreklerimi çektikçe mevsimler değişiyor, gözlerim için süsleniyorlar sanki. Hep bahar olsa nasıl varırdım sonbaharın hoşluğuna. Ayağımın altında ezildikçe çıkan o yaprak seslerinin hışır hışır söylenişlerini nasıl duyabilirdim. İçimiz hep sonbahar olsa nasıl çiçek açardı dallarım? Değiştikçe güzelleşiyor, güzelleştikçe değişiyordu. Değişmeseydi ya güzel gelir miydi bu kadar? Yazın bahçemdeki kırmızı güllere selam vermeden geçiyordum da kışın kar altında gördüğüm bir gülü saatlerce düşünebiliyordum. Eğer düşmeseydim, yürümek hep ülfet olurdu benim için. Bir ben yürüyebilirim sanırdım, ne kadar da yazık! Bu yüzden, eğer ibadetlerimde hep kendimi yoğunluklar içerisinde bulsam bir ülfet peyda olacaktı. Ama izin vermedi, Bir Kamçı, kabza kapı açtı. İçim ise korku ve ümitsizlik arasında bir lezzet tutturdu, tadı hiçbir yerde olmayan bir aroma var artık damaklarımda. Yağmurun yeryüzüne rahmet olarak inişi güzel de, bir anda her yere yağmaz hani, tüm dünya yağmur altında değildir, belli kısımları o rahmete mazhar olmuştur, bu ayrı ısıtıyor içimi, bu başka bir güzel, başka bir rahmet geliyor. Kabz halini şimdi o rahmet yağmurlarının içerisine koyunca gönlüm bir kez daha ferahlıyor. Evet, bu sefer kabz hali ferahlatıyor çünkü geçmiş hayatında yanlışlar yapıp, hatalara düşüp de o yoldan geri dönmek isteyen ya da geri dönüş yolunu bulup bir türlü adımlarını toparlayamayan yüreklerin kapısını çalıyordu kabz hali. Kas sistemi çökmese geliştirmeye gerek kalır mı hiç? Gaflet denizlerinde yüzerken güneş yüzümü yakmış da yakmış, bir gölge gelmiş de almış, beni kıyısına çıkarmış gibi. Allah (cc) bu gaflet denizlerinde yüzerken beni uyandırıyor ve Kendisine yakınlaştırmak için bir kabz haline sokuyor. Çayı ocakta unutmuşum da, kaynamış da kaynamış gibi, koymuşum bardağa, tam içeceğim esnada dumanlar, dur, diyor, dur sakın içme, ağzını yakarsın. Refleks olarak kendimi çekiyorum, ne kadar unutursam unutayım fıtratım uyarıyı seziyor. Geçmişim yolun karşısına, kaldırmışım kafamı seyrediyorum vitrin camlarını, yürüyorum da yürüyorum. Bir anda sol ayağım takılıyor kırık bir taşa, aklımda ne olursa olsun, Allah ile aramdaki bağ o anda ne olursa olsun, ani bir refleks ile "Allah!" diye bağırıyorum. Hayalime bir uçak yolculuğu takılıyor, düşme anında herkesin hakiki bir Müslüman edasıyla "Allah" diye çığlıklar attığı bir yolculuk. Ben unutuyorum dünyaya dalmış bir sarhoş gibi o sağlam bağı ama Allah halatını uzatıyor, uzan, diyor, buna sebep de kabz halini yolluyor. Hangi dert olduğunun bir önemi var mı? Saatlerce susuz kalmış bir ânımda hangi bardaktan su içtiğimin önemini nasıl aramıyorsam, can havliyle Rabbimden uzaklaştığım ıssız yollarda can çekişirken de girdiğim kabz haliyle gelen o daralma, sıkılma, dert sebeplerinin ne olduğunun da artık bir önemi yok. Başım gözüm üzerine demek bu olsa gerek! Oysa kabz halinin geliş sebebini anlamadan önce ne de zordu iğneler, nasıl da delik deşik ediyordu her bir yanımı. Uyurken bile vücudumun ezilmemesi için, sabah ağrılar içinde uyanmamam için bilincimin yarı kapalı olduğu bir haldeyken bile bir sağa, bir sola vücudumu çeviren Allah açık bir bilinç içindeyken beni düşünmeyecek mi sanıyordum? Ne ahmakça! Elbet her şeyin bir sebebi vardı, aramak ise içime düşmüştü. Belki yetmezdi ayak tabanlarımın sağlamlığı aramaya ama o tabana gücü verecek olan Allah'a tutunduktan sonra uzaklar ne de yakındı.

Bir pazar sabahı pelüş battaniyemi alıp, cam kenarına öylece kıvrılıp kalmak istediğim her an içimin bucaklarında artık bir sevinç sek sek oynuyordu. İçimin çocukluk hallerine ağlarken artık bir dondurma uzatılıyordu. Artık uyanmıştım, Allah bana vermiş olduğu kabiliyeti ortaya çıkartmak için, benim aciz halimle bozduklarımı toparlamama o Yüce Kudretiyle "Ol" dediği için beni bir kabz haline sokmuştu. Arkasından öyle bir yağmur gelecek ki, gökkuşakları bütün dallarda renk verecek, öyle bir yağmur gelecek ki, kurak hiçbir toprak kalmayacak, mahsuller çoğalacak evlere bereket yağacak. Oysa bunu ilk kabz halinde, yani ilk sıkıntı halimde dallarım kururken anlayamamıştım. Zorlandıkça, kabz halleri beni yokladıkça, kapımın tokmağını çaldıkça bir şeyler artık daha farklıydı, ruhumun kas sistemleri gibi, sanki algımın da sistemleri gelişiyordu. İnsanın nasıl beden elbisesi üzerinde derin, açık yaraları var ise ve o yaralar kadar da haline uygun ve ölçülü ilaçları kullanması gerekiyor ise, ruhun da yaralı zamanlara tuz basmak yerine ilaçlarını kullanması gerekiyordu, artık anladım. Bedenim nasıl acıktıkça gözümün önünden hiç aramadığım yiyecekler dahi geçiyordu, nasıl acıktıkça dünyaları koysalar yerim zannediyordum, aynen öyle de, ruhumun açlığı zamanında ona gıdasını takviye etmem lazımdı. Benzini bitmiş bir araba itmek ile nereye kadar gidebilirdi? Ruhuma Kur'an okumalıydım, başımı huzurda eğerek içime de huzur kapılarını açmalıydım, salavatlar ile tuzumu ayarlamalıydım, cevşen ile, tesbihatlar ile kendimi koruma altına almalıydım, manevi gıdalarımı bir bir tüketmeliydim. Ama bazen öyle anlar oluyordu ki, bildiğimi uygulamak şöyle dursun, bildiğimi bilmek dahi istemiyordum. İşte tam bu anlarda Rabbim kâinatı okumam için verdiği o nimetlerinin kapısını açıyordu. Tek kalmalıydım fırsatımı bulup, belki bir yayla, belki bir su sesi, belki biraz mavilik ya da bir miktar yeşillik gerekti bana. Yerimden kıpırdayamadığım anlarda bir kulaklık yetiyordu, internetimin diğer ucundan ferahlayacağım birkaç su sesi. Yağmurlar sanki başımdan aşağı yağıyor gibi. Bırak karar almayı, karar alacak en ufak bir durum hali büyük bir patlama iken en büyük düşmanım usulca sokuluyor yanıma ve ani kararlar verdirmek istiyordu bana. Su çok kaynadı diye bardağı çatlatmak istiyordu, ne gerek vardı, her şeyin bir dengesi, yolu yöntemi dururken? Çakallığı bununla sınırlı kalır mı, hiç sanmıyorum... En ufak bir tartışmaya meyilli bir hal olsa hemen beliriverir orta yerde, yıllar önce olmuş, üzeri tozlanmış şeyleri bir bir dizer ortaya. Sanırsın tezgâha dizilecek elmaları parlatıyor da parlatıyor. Sonrası ani kararlar, ani kararlar ile birlikte gelen ani pişmanlıklar. Giden gitmiştir artık, kalan, zarar ziyan. Dilin önüne bir diş koyulmuştu bir de dudaklar. En azılı katillere ekstra önlemler alırken cezaevlerinde dilin, bizi götüreceği akıbetleri nasıl düşünemezdim? Çift koruma altında tutulurken, zindanlardan zindanlara sürgün etmişçesine kuduran dil dişleri de söküyor dili de, sonra ortalık ateş yeri. Oysa yollara boşuna koyulmazdı uyarı levhaları. İnsandım ve aldandım, insanlığımı aldanmak sandım. Ne zaman nefsimin oyununa gelsem korku ile irkiliyorum Ya Rabbi, inşallah benden vazgeçmiyorsundur, bırakma beni yalvarırım...

Sonsuzluk hissi içimde barınan bir yuva bulmuştu kendine. Fıtratım öyle iktiza ediyordu ama kapım yanlıştı. Günün en dev, en gösterişli binası bile yıllar sonra "eski"de yerini alıyordu. En heyecanlı, en keyifli saatlerim bile bir gün geliyor bir anı olarak, bir geçmiş olarak kalıyordu. Tutamıyordum yelkovan ile akrebin birbirini kovalamasını, tutamıyordum ki zamanı. Geçecekti ve gidecekti. Kırk yıllık ahbapmışız da bir gün bir yol kenarında karşılaşmışız, selam dahi vermemiş gibi gelip geçecekti. Ellerim bile zamanla buruşuyordu, yüzümdeki çizgiler bile zamanın yerçekimi ile münasebetini ayan beyan yayınlıyordu, ben neyi geçmez sanıyordum ki? Bir mazoşist bile olsam, acıya müptela bile olsam sonunda geçecekti. Tutamazdım mevsimleri, yağmurlara durmadan hep yağmasını, güneşe durmadan hep doğmasını söyleyemezdim. Yıldızları görmek istiyorsam karanlığa alışmalıydım. Açıp kollarımı, derince bir nefes çekip, "bu da geçer Ya Hu!" demeliyim. Elbet geçecekti, kalıcı gelmemiştim bu diyarlara.

Yabancıydım buralarda, bir han bulup konaklamıştım ve

göçüp gidecektim. Evim beklerdi, içim beklerdi, ocağımda tüten huzurum beklerdi. Özenle taradığın saçlarımı samandan farksız yıkayacaklardı. Gidecektim işte hem de hiç gelmemiş gibi, bir toprağa karışacaktı bedenim geldiği gibi, arada bir anılacaktım, sonra belki haftadan haftaya, belki aydan aya. Yıllar geçecekti, adımı bilenler de bir bir göçtükçe hiç gelmemiş gibi gittiğimi görecektim. Ne garip şeydi üzerinde gezdiğin dünyada kendini bir şey zannederken, dünya makamlarına dalmışken yıllar sonra hiç gelmemiş gibi olmak. Ne garipti yerin dibine geçtiğini sandığın anda mezarında olduğunu fark etmek. Ne açıktı her şey, Allah katında sağlanamayan kalıcılık dünyada birkaç yıllık hükümranlıktı. Biteceğini bile bile nasıl yaşardı insan yeni başlangıçlar olmasaydı eğer? Oysa bir dert içinde nasıl da büyüyordu gözünde dünya, döndükçe çalkalıyordu sanki zamanı da. Kim yetişebilmişti ki zamana, kim yapışabilmişti ki yakasına? Öylece dursam, baksam kendime, anlasam. Ne kadar dayanabilirdim buna? Kaç dakika durmadan gülebilirdim? Kaç dakika durmadan ağlayabilirdim? Sonu vardı işte, sonlu bir dünyada her şeyin bir sonu vardı, geçmez sandıklarım geçecekti, bitmez sandıklarım bitecek, durmaz sandıklarım duracaktı. Fani bir dünyaya âşık olma çılgınlığı da nerenin modasıydı? Batı'nın uydurma modalarına baka baka tutulmamış mıydı boynumuz, eğrilmemiş miydi zaten kemiklerimiz? Telaş etmiyorum artık kafamın üzerinde durmadan ilerleyen saatin sesine, telaş etmiyorum artık musluktan her saniyede bir damlayan su sesine. Bitecekti elbet, bitecekti. Ve ben giderken bu diyarlardan, şöyle bir bakıp hoşça kalması bile beni ilgilendirmeyecek kadar kaçacağım bir vaktin hayaline saplanmıştım. Kazıyamazlardı köklerimi. Ruhum çoktan evini özlemişti, beni bekleyen bir huzura gem vurmayacak bir hayatın hayaliyle kapatıyorum bu gece yorgun gözkapaklarımı. Bir mavilikte sallanıyor sanki ayaklarım, ay ışığı denizin altın sularıyla ıslatıyor saçlarımı, sarılıyor bir deniz dalgası, kapatıyorum gözlerimi, bu da geçti Ya Hu, bu da geçti Ya Hu, bu da! Artık iyiyim. İyiyim cümlesinde çok şey var. Boğazıma kadar debelendiğim yıllarım, gençliğim, gülüşlerim, gecem var. Gecede bir ben var, hıçkırıklar içinde Allah'a yalvaran yüreği ile. İyi-yim dedim ya gecelerci-yim, dertli-yim. Allah deminde tutulmuş bir hizmetçi-yim... Ve dalıyorum sessizce rüyalarıma. Ey gönül, ses etme! Hayırlısı de, bekle, ya nasip de, Rabbine bırak, yine bekle...

Bir cami avlusuna terk ediyorum çocukluğumu, ben Allah'a büyümeye gidiyorum.

Sevgilimden Ayrıldım, Bana Yardım Edin!

Beynimi yatakta bırakmış gibi uyandım bugün. Yüzümü de yıkamadım, saçlarımı da taramadım. Huysuz bir kediyim bugün. Fare görse kaçacak ama kaplana da saldıracak kadar huysuzum. Birinin beni dinlemesine ihtiyacım var ama konuşmayacağım. Ağacı kesen baltanın sapı da ağaçtandı. İnsan mı insanı kırmayacaktı? Hadi canım sen de, zaten ben de dev aynasında balık, tanıştığımıza memnun olmadım. Evet, zaten artık hiç kimseyle tanıştığıma memnun olmuyorum, yeni yeni merhabaları kirletmiyorum, ondan sonra. Evet evet, ondan bahsediyorum. Her gece kalbimin bir aşk böcüğü olarak içimde titremesine alışmışken, sabahları daha yataktan adım bile atmamışken günaydın mısraları dizdiğim, ha tabii evet bir de uğruna şair olduğum ondan bahsediyorum. Yok canım, ne nikâh günü? Tabii ki ayrıldık. Hadi öyle karşımda ne dersem tekrar etme de şu ayna yamacından çık, iki çay söyle, oturup konuşalım biraz. Benimki açık olsun. Açık mı dedim ben? Hayır hayır, açık olmasın, onu hatırlatmasın, ya da açık olsun, zaten başka hatırlayacak ne kaldı ki? Sırıtma öyle karşımda limon yemiş timsah gibi. Çok iğrençti tamam limon ve timsah uyumu ama aslında biz böyleydik biliyor musun? Tabii ki bilmiyorsun, şimdi bildiklerini unut ve beni dinle.

İki çay söylerdik, benimki açık olsun derdi hep, önceleri anlayamamıştım neden illa açık olması gerektiğini. Sonra bir gün açığa döküldü. Bir ilkbahar günüydü, bilirsin, ne çok sıcak ne çok soğuk olur. Gözlerinden bir kirpik düştü bardağının sağ yanına, öyle dikkatli izliyordum ki göz bebeklerini, o kirpiğin aheste aheste düşüşünü de seyrettim. Saatler sürdü sanki, ne güzel bir kirpik tanesiydi o öyle! Sanki başka kimse de yoktu, öyle oluyormuş yani, âşığız ya hani! Bir anda refleks ile elimi uzattım almak için, elim bardağa çarptı ve sonuç facia. Yere dökülen çay mı daha kırmızıydı utanmaktan benim yanaklarım mı bilemiyorum. Ardından bir çay daha söyledik ama bu sefer epey bir koyu gelmişti. O zarif elleriyle bardağı tuttu, havaya kaldırdı ve bana baktı. "Hayır," dedi, "seni göremiyorum, bir çay dilimi bile olsa gözlerim senden ayrı kalsın istemiyorum." Ne yapayım, bir kez daha sevdim. Soruyorum şimdi aşk tek bir mevsimdir diyen şaire, giden mi terk edilir yoksa kalan mı? Şair şok, şair şaşkın, döndü ve dedi ki, onu bunu boş ver de, çay var içen mi? Getir oradan demli bir çay, önümü dahi görmek istemiyorum.

Sorun kimdeydi, aramıyorum cevapları artık. Telefonumda

da epey bir cevapsız arama birikti zaten. Hatta bence o kadar birikmiştir ki, şarjı bile dayanamamış, kapanmıştır. Dağlar dağlar, dumanlı dağlar, bir ah desem altınızda ezilir kalırım. Öyle beylik laflara gerek yok, haddimi de biliyorum yani. Sahi sorun kimdeydi? Çocukken çok güzeldim de sonra büyüdükçe tipim müsait bir yerde inmek mi istemişti? Bekle deseydi beklerdim de, bardağı tutuş şeklimi mi beğenememişti acaba? Ne alaka deme öyle hemen, bardağı tutarken serçe parmağım birazdan halay başı olacak edasıyla ayrı takılıyor benden. Ne bileyim işte, sorun neydi ki onu arıyorum. Bekle dese bekleyemem mi zannetti ki dersin? Beklemek beklemek dediğin nedir ki gülüm, ben seninle abdest sırasında yarışmayı göze almıştım. Beynimi uyanırken yatakta bıraktım demiş miydim? İşte biz limon yemiş timsah gibiydik. Nasıl mı? Dışardan da baksan, içerden de baksan limonun rengi aynıdır. Anlayacağın, sarı sarıdır yani. Ben bu aşkın sarısıydım, ekşi yanlarım olsa da bazen bir lahmacun üzerinde, bazen bir çiğköfte, bazen bir nane yanında, bazen de bir çay içinde sıkılırdım. Ama kimsenin canını sıkmazdım. O da elbette timsahtı. Neden mi? Çok açık değil mi, o kadar sahteydi gözyaşları, o kadar sahteydi sevgisi, o kadar sahteydi sözleri, o kadar sahteydi... Tamam, sakinim, artık sevmiyorum merkez! Bunca yıl yılanlardan değil yılmayanlardan kork demiştim kendime ama öyle olmazmış, insan çakılır kalırmış bir anda. Mevsim fark etmezmiş, belki bir sonbahar günü ayaklarının altında hışır hışır ezilen yaprakların sesi, belki bir yaz mevsimi vapurdan simit attığın martıların cıvıltısı, belki bir kış günü sokağı aydınlatan lambanın altında yaptığın kardan adam... Meğer mevsim fark etmezmiş, yani zaman, mekân terk edilmen için fark etmezmiş. Umarsızca ezdiğimiz yaprakların ahı mıydı bu? Etçil olan martıları simitçil yaptığımızın ahı mıydı bu? Güle eğlene kardan adam yaparken tek başına erimesine izin verdiğimiz günlerin ahı mıydı bu? Ülkece ah selleri çekmişiz üzerimize, kabul edelim, hak etmişiz. İçimin baharları eririrken anlıyorum, bir daha açmaz çiçeklerim, bir daha bakmaz gözlerim böylesine. Söylesene hangi sabahlara uyanacağım ben, iyi demediği kaç gecem daha iyisiz, onsuz, bizsiz geçebilecek ki? Söylesene sevende miydi marifet, sevilende mi? Giden mi bakamazdı ardına, kalan mı bakamazdı anılarından ardına? Anılar yumağında bir o yana bir bu yana savrulurken, içimden bir şeyler daha kopuyor. Gecenin kaçıncı diliminde açsam camı, bağırsam avaz avaz duyurabilirim ki sesimi, ömrümün kaçıncı diliminde böylesine zehir olmuştu ki nefes tanelerim?

Gidip şu saçlarını tarar mısın, karşımda öyle şekilsiz duruyorsun ki ben bile kendime dayanamaz oldum. Hadi kalk, bir elini yüzünü yıka. El ile yüz cümle içinde bile birbirinden ayrılmıyordu, görüyor musun? Ama biz ayrıldık. Yalnız iyi ayrıldık, güzel ayrıldık, bayağı bayağı ayrıldık yani. Hadi finallerde cahildin, arkadaşının, salla, bütünlemede geçeriz deyişine kandın da ya şimdi, şimdi neye kandın böylesine, dörtnala günlerini harap edecek, içtiğin suyu boğazında bırakacak bir aşka koştun gittin, söylesene? Susuyorum geçmiyor, konuşuyorum geçmiyor, haykırıyorum geçmiyor, içim içime bile yetmiyor anlasana. Ne gecenin bir merhemi var ne gündüzlerin. Satırların bile maskarasıyım anlayacağın. Soldan bir "w" göz kırpıyor, aşağılardan bizi takip eden "v" ye. Ne o, daha evlenemedin mi, diyor alaycı bakışlarıyla. İşte ben klavyedeki o "v"yim. İki tane koysam da kendimden yan yana, "vv" öyle eğreti duruyorum. Öyle yalnız, öyle terk edilmiş, öyle "w" olamamış. Sevgili kendim, söyler misin bana, sevgilimden ayrıldım, ne yapmalıyım? Terzi kendi söküğünü elbette dikemeyecek, kural yine değişmeyecekti. Şairin de dediği gibi, gece gölgenin rahatına bak. Bak tabii, bakmadan olur mu, nasıl da istirahatte, ışık olmayınca nasıl da çekiliyor köşesine. Yoksa o da geceleri yalnız mıdır benim gibi? Belki de perişandır, ne dersin? Güneş ışınlarının dilimleriyle bir uzayayım, bir kısalayım, bir gideyim, bir geleyim derken belki de perişandır. Kırmızı karlar bile yağdı sen gelmedin be zalimin kızı. Parlayan gözbebeklerin vardı, ince uzun ellerin, konuştun mu herkesi susturan narin bir sesin. Öyleydin işte... Şimdi kırık dökük yanımla oyalanıyorum buralarda. Neredesin sahi? Şu an ne yapıyorsun? Gittiğin yollarda kaç taşa çarptı ayakların, kaç yağmur yağdı, kaç yağmurda bensiz ıslandın? Ne şanslıydık, ilk buluşmamızı hatırlıyor musun? Elimde bir buket mavi gül ve titreyen ayaklarımla seni bekliyordum. Öyle narin narin yürüyordun ki, öyle başkaydı ki adımların. Bulutlar bile görmüştü gelişini, işte şimdi der gibi, bir anda ılık bir yağmur bastırmıştı. Sokaktan geçen herkesi, bir anlık, zihinlerimizde dünyanın çok uzaklarına göndermiştik. Damlayan yağmurlar heyecanıma eşlik ederken, bir kahve içsek mi, diye konuşuyorduk. Sen, yapacağın tuzlu kahve telaşında, ben, içeceğimiz bir kahvenin getireceği kırk yılı kilitleme telaşında, uçuyorduk sanki gökyüzünde. Ne kadar uçabildiysem uçmuşum, hatta öyle uçmuşum ki, yere çakılırken düşünmek için epey bir vaktim oldu. Gitmem diyenlerdi hep gidenler, gidersin diyenler de en önden gidenler. Ne adın kalsın geriye, ne senden bir hatıra. Gezineyim bütün sokaklarda, belki kokunu alırım, tanırım diye gezineyim öylece. Ama istemem yolum yoluna çıksın. İstemem yolumu yeniden timsahlar kaplasın. Gelme işte, öyle bir gelme ki, bütün gelmeler anlamsız olsun.

Sen Leyla idin, ben Mecnun. Ama öyle çölleri delen, aşkı uğruna bir kepçeyi kafasına yiyen bir aşk değildi bizimkisi. Hani Mecnun'a, "Uğruna öldüğün Leyla bu mu?" diye sormuşlar da, "Ya aslında instagramda böyle değildi ben de anlamadım" demiş ya. O Leyla ile Mecnun'dandık biz işte. Çöllerde tek başımayım şimdi, buz gibi üşüyorum. Ne çabuk alışmıştım dünyaya, ne çabuk mesken tutmuştum ilk defa geldiğim bu topraklarda. Alışır alışmaz, dertlerim de kapıyı çalmadan dalmıştı içeri. Daha iki yaşındayken oyuncaklara tutkuluydum. Ağlamam yeterdi istediğim oyuncağın avuçlarım içinde olması için. Yedi yaşında, artık kabuk tutsa da acıyan yaralarım vardı. Kollarımı açmış, bisikletimle yokuş aşağı kendimi binlerce insanın önünde şampiyon gibi hissederek giderken aniden yuvarlanmıştım. Dizlerim yara bere içindeydi, kanıyordu. Yıllar geçtikçe daha da büyüyordu artık kabuklarım. Üniversite çağına gelip bir okul telaşı sardığında, yelken açacağım acıların varlığından habersizdim. Daha okulun kapısından girmeden dikkatimi çekmişti. Herkesin bir sevdası vardı, herkesin kolunda bir başka kol. Çoğunun, sevgili olmak için aradığı tek şartı vardı. O da olması. Meğer sevda değilmiş, harammış. Tadınca anladım. "Evvelim sen oldun ahirim sensin" satırını yazdıran sevda ile şimdiki haram aşkları yan yana koyunca içime bir öküz oturuyor. Önce uzaktan kaçamak bakışlarla başlıyorlardı, masumdu onlar için. Sonrası el ele tutuşmalar, yan yana gelmeler, sırdaş olmalar, omuzdaş olmalar derken iş yatakta sonuçlanıyordu. Bir tık ötesi ise artık aynı evde iki ev arkadaşı olmaktı. Sonrası da iki yabancı olacaktı elbet, bilmiyorlardı, bilmiyordum... Yıllarca, bağlandıkça bağlanıyordu insan, alışkanlıklar böyleydi, kolay bırakmazdı adamın yakasını. Ama sonra? Biliyorsun işte, aynadaki suretim. Sonra tek bir mesaj geliyor: "Ben eşyalarımı topladım, evden çıktım. Sana artık daha fazla dayanamıyorum, beni bundan sonra arama, numaramı da değiştiriyorum. Arasan da artık ulaşamazsın!" Annenin hiç çıkarmadığı kahve fincanı mı sanmıştın benim kalbimi? Koca yılların sonu tek bir mesaj oluyor işte. Benim için her şeyi yakardı, öyle derdi yani. Ama kibrit bile çakamadı. Geriye her gece sana tek bir isim sayıklayan kalbin kalıyor, geriye, soru yağmuruna tuttuğun aklın kalıyor, boş ellerin kalıyor, yalnız bir omuz kalıyor, banyoda tek başına duran diş fırçan kalıyor, bir saç tokası kalıyor. Bir o kalmıyor, bir o gidiyor. Uyurken, göz kapaklarına direnirken en son düşündüğün isim ile sabah uyandığında aklına gelen isim aynı oluyor. Söylesene aynadaki suretim, hayırlısını dilime dolarken, bir hayırsızın gönlümde ne işi vardı? Bir çift siyah göz görüyorum, aklıma geliyor. Bir çift mavi göz görüyorum aklıma geliyor. Sevdiceğimde olmayan özellikler bile onu hatırlatmaya yetiyor bana. Sevdiceğim, ah sevdiceğim! Sevdim ve seveceğim... Ne zaman evden dışarı adımımı atsam sırtı dönük bir insan bile zihnimde aynı sinyali, aynı ismi çalkalıyor. Bir mağazanın yanından geçiyorum "elbet bir gün bulaşacağız" diyor. Şarkılar da yalandı, gitmem deyip terk edişlerin gibi...

Ellerimde camdan parçalar varmış meğerse, ben elmas taneleri zannetmişim. Korumak için avuçlarımı sıktıkça sıkıyorum, ellerim parçalanıyor, göremiyorum. Cam parçaları yavaş yavaş kırılmaya başladıkça, ruhumda ve kalbimde yaralarım da meydana adımını atıyor. Ellerim öyle çok kanıyor ki, acıdan gözyaşlarım haykırıyor artık. Ellerim öyle çok kanıyor ki, elinde sargı beziyle çıkacak bir dost kapısı arıyorum. Oturduğum bütün masallardan ellerim boş, yüreğim kırık, daha da umutsuz kalkıyorum. İçim öyle can çekişiyor ki, bir can havliyle ellerimi açıyorum, Allah'a dua ediyorum. Sevdamı istiyorum. Onunla bir ömür istiyorum. Bir kâğıt kesiği sarıyor parmaklarımı, yara bere içinde kalan ellerim daha da çok sızlıyor. İnce ince sızlatıyor içimi. Sızlattıkça beynimde şimşekler çakıyor. Ne ahmakmışım! Bu ahmak cesaretini nereden alıyordum?

Allah'ı nasıl haram sevdama ortak edebilmiştim! Tesettürüne bürünmüş bir insan nasıl ayetlerden seçmece yapabilirdi ki bir de Allah'ı işlediği harama ortak etmeye meylediyordu! Nasıl yapabilmiştim! Helalim olmayan bir insanın beğenisini, rızasını kazanmak için Rabbimin ayetlerini nasıl satabilmiştim! Allah ile konuştuğum namazlarımı nasıl onun zikriyle kirletebilmiştim! Hz. Ali'nin (ra), Hz. Yusuf'un (ra) cümlelerini böyle kirli bir işe dâhil etmiştim, Efendimiz (sav)'in hadislerini nasıl haram bir sevdaya bağlamıştım! Rabbimin ayetlerini nasıl bir haramda kullanmıştım! Peygamberim, kişi sevdiği ile beraberdir, derken ben nasıl haram bir aşk anlamıştım, ben nasıl iman etmiştim! Ahirette Efendimiz (sav)'in huzuruna bir heyecanla gitsem, ümmetim ümmetim diye karşılanacağımı sanırken bir anda hiddetle ayaklansa, "hiç utanmadın mı tesettüründen? Hiç utanmadın mı kıldığın namazdan? Hiç utanmadın mı ben Müslümanım diye yalan söylerken," dese... Ne diyecektim? Öyle ya, Allah'a inanmak her şey ile itaat etmekti. Müslüman olduğumu söylemem bile haramlarla harmanlamaya çalışmamdanmış meğerse. Birbirini sabah namazına kaldırıp sevdasını helal zanneden yürek adında kokmuş et parçaları taşıyormuşuz meğerse. Her insanı melekler korurken, nasıl bu kadar korumanın arasından nefislerimiz günaha kaçıyor? Şaşırmamak mümkün değil. Yazık sana ey nefsim! Cehennemlik işleri yaparken cenneti umuyorsun. Sidikli suyla abdest alınır mıydı? Ne ile gidiyorduk Allah'ın karşısına, nereyeydi bu gidiş?

Yüreğim seninle doluydu, gülüşlerin mısralık yolumdu. Dökülen yapraklarına bir ben tutunayım, ben toplayayım istedim. Dönüp gidişlerine bir ben yanayım. Şimdi kana kana suya koşar gibi dönüp kaçıyorum senden. Olduğum yerden. Bir cami avlusuna terk ediyorum içimdeki çocukluğumu. Ben Allah'a büyümeye gidiyorum.

İçimdeki yabani otlar midemdeki kelebekleri yediler. Bu aşktan payıma düşen tekmeyi yer yemez, yediğim bütün ballar midemde duramıyordu artık, kustukça kusuyordum. Ne kadar çok sevdiğimi iddia ettiysem, şimdi o kadar nefret ediyordum. Acımı kesecek hiçbir ilaç yoktu, jiletler bile kesmiyordu bu acıyı. Önce sosyal medya hesaplarımı kapatmış, sonra arkadaş ortamımdan uzaklaşmıştım. Acım geçmiyordu, unutamıyordum. Sonra, fotoğraf, dedim, evet fotoğraflar artık yan yana hiçbir kâğıt bizi taşımamalıydı. Tek tek yırtıyorum hepsini, nefretimi de yırtar gibi, yakıyorum sonra hepsini, ateşlerde kül oluşunu seyrediyorum. Şöyle bir geçiyor yıllar önümden, geçiyor ve el sallıyor. Yetmiyor, yeniden başlayayım, diyorum numaramı bile değiştiriyorum. Evet, haklısın, hiçbir değişim, hiçbir kaçış beni yoluma sokamadı. *"Allah'a firar ediniz!" "Allah'a kaçınız!" (Zâriyât Suresi/50)* yankıları beynimde ses bulamadıkça hiçbir şey bana çözüm olamadı. Her şeyi yapmıştım da bir Allah'a firar edememiştim. Sebeplere kaçıp durmuştum. Ölürdüm onun için. Kirpiğinin bir dalgalanışına, gülüşünün bir kenarından kuşlar sererdim yoluna. Ölünce anladım, bir tek O'na ölünürmüş... Bir tek O'ymuş kavuşmak için herkesin öldüğü... Erkekliğin yüzde yüzü kaçmaktı, anlayamadım. Elbette haramlardan. Ama kırılmıştım, çok kırılmıştım. Bir yazı vardı içimde. Kalbimin ortasına yazdığım ama kimselerin göremediği bir yazı vardı; "Nasıl bulmak istiyorsan öyle bırak!" Asi bir ergen gibi anneme, "benim hayatım, benim seçimlerim, benim hatalarım" demiştim sanki. Anne bu, gecikir mi hiç, "Benim terliğim, senin kafan ve isabetli atışlarım evladım" demişti. Terliği yemiştim işte tam on ikiden.

Midesi zehirlenen adam nasıl derdine çare için doktora gidiyordu, benim de yaralı ruh ve kalbimle cerrahi bir operasyondan geçmem gerekti. Bu da ancak, "Ya Baki Entel Baki"yi damarlarıma işlemem ile olurdu, anlıyordum. *"Birinci defa Ya Baki Entel Baki bir ameliyat-ı cerrahiye hükmünde kalbi mâsivâdan (Allah'ın dışındaki varlıklardan) tecrit ediyor, kesiyor. Şöyle ki: insan, mahiyet-i câmiiyeti itibariyle, mevcudatın (varlıkların) hemen ekserisiyle (çoğunluğuyla) alâkadardır. Hem insanın mahiyet-i câmiasında hadsiz (sınırsız) bir istidad-ı muhabbet (sevme kabiliyeti) derc edilmiştir (yerleştirilmiştir). Onun için, insan da umum mevcudata karşı bir muhabbet besliyor. Koca dünyayı bir hanesi gibi seviyor. Ebedî Cennete bahçesi gibi muhabbet ediyor. Hâlbuki muhabbet ettiği mevcudat durmuyorlar, gidiyorlar. Firaktan (ayrılıktan) daima azap çekiyor. Onun o hadsiz muhabbeti, hadsiz bir manevi azaba medar (sebep) oluyor. O azabı çekmekte kabahat, kusur ona aittir... İşte bu kusurdan teberri edip (uzaklaşıp) o fâni mahbubattan (sevilenlerden) kat-ı alâka (ilgiyi kesmek) etmek," (Bediüzzaman Said Nursi).*

Bu ameliyat Rabbimin dışındaki bütün varlıklara duyduğum o bağlılığın beni nasıl zehirlediğini anlatıyor, özellikle de onun. Mevcudatın hemen hemen hepsiyle de alakadardım, oturduğum yerden önümdeki kitap ile, kolumdaki saati ile, karşı kapıdan geçen biri ile, dışarıdan gelen ses ile... Her şey ile çok rahat alakadardım çünkü Allah bana sonsuzu sevebilme kabiliyeti vermişti. Sonsuz da sevebilirdim yani. Ama ben yıllarımı haram bir sevda eşiğinde harcamıştım. Koca dünyayı evim gibi sahiplenmiştim, benimmiş gibi. Sanki ben dünyayı kullanacaktım, yanlış mı oldu ki? Tapusunu nereye koymuştum acaba? Şarkılar da sayıklamıyor muydu zaten, yıldızlar da kayar, şu sabahlar olmasa, diye. Yeryüzü yetmemiş, gökyüzünü de sahipleniyorduk. Bu gece benim gecem derken, bir başkasının mülkünü üzerime yapmaya çalışan hırsızdan farkım yoktu. Bu acıların, azabın tek suçlusu da bendim. Bakma öyle, delirmedim. Gel eğri oturalım, doğru konuşalım. Elime son model bir telefon verseler ve ben sadece bu telefonla arama yapabileceğimi zannetsem maskara olmam mı? İçindeki son teçhizat özelliklerden bîhaber yaşamak benim hatam olmaz mı? Sonsuz sevebilme kabiliyeti yüklenmiş bir teçhizatım var iken gidip bir kişide fani bir ömre sığdırmak asıl delilik değil miydi? Hayır sevseydim, sevseydim elbet ama sadece hobi olarak sevip bir ben bilseydim.

Kalbimi Allah'tan başka her şeyden uzak tutmam gerekti. En çok onu korumam gerekti. Ha deyince olmuyordu elbet. Allah'ın Kudretini tanımam gerekti. Bütün sorun buydu, tanımıyordum. İnandığımı söylediğim Allah'ı yeterince tanımıyordum. Şimdi karşımda öylece sessiz sedasız oturmuş beni dinliyorsun ama ne çok ağlamıştın içimde canın çıka çıka. Sahi, içtiğim su tatlı iken gözyaşlarımdaki tuz nereden geliyordu, bu tuzun oranını kim ayarlıyordu böylesine dengede de ağlarken yüzüm yanmıyordu? En önemlisi de, bu oran nasıl bir orandı ki, tuzlu gözyaşlarım gözlerime zarar vermiyordu? Şimdi söz aynadaki suretime geçiyor, bildiği ne varsa döküyor içime. Benim hayatıma devam edebilmem için kâinattaki döngünün devam etmesi, bunun için de oksijen ve azot dengesinin devamlılığı gerekliydi. Doksan üç milyon kilometre uzakta olan güneşin yerinde sabit kalabilmesi lazımdı ki ben hayatıma devam edebileyim. Bunun için de güneş gezegeninin işlerini düzgün yapması gerekiyordu. Samanyolu Galaksi'nin içindeki sekiz yüz elli milyon ve içindeki yüz milyarlarca gezegenin aynı düzen, aynı intizamla, birbirine dolaşmadan, kavga etmeden, tartışmadan devam edebilmesi lazımdı ki ben hayatıma devam edebileyim. Tek bir sorun çıksa, tek biri bir sorun çıkartsa kâinat ortadan kalkmak zorundaydı. Tüm bunların yanında benim kalp ritmimin bozulmaması gerekiyordu. Beynime herhangi bir pıhtının gitmemesi lazımdı, kan sistemimin akışına devam etmesi lazımdı, aynı zamanda böbreğime veya ciğerime herhangi bir problem gelmemesi lazımdı. Yiyip içerek hayatımı devam ettirebilmem için ise bulut lazım, güneş lazım, yağmur lazım, toprağa azot lazım. Azot için şimşek lazım ki ben domates, salatalık yiyebileyim, ben ekmek yiyebileyim. Bunların olması içinde bir mideye ihtiyacım var. Her şeyi toplayıp baktığım zaman elim ne güneşe yetiyor, ne Samanyolu Galaksisi içindeki dört yüz milyar yıldıza yetiyor, ne geceye/gündüze ne de kalbime yetiyor. Yıllardır sürdürdüğümü sandığım aşk oyunundan kovulduğumda gördüm ki, kime gittiysem hiç kimsenin eli de benim kalbime yetmiyormuş meğer. Ve en son Allah'a firar etmeye karar verdim. Çünkü Allah'ın Kudretini anladım. Geceye kimin eli yetiyorsa, gündüze kimin eli yetiyorsa, güneşe kimin eli yetiyorsa, kâinattaki atom tarlalarına kimin eli yetiyorsa ve bütün bu mevcudatı kim düzenliyorsa, benim kalbime de sadece ve sadece O'nun eli yeterdi elbet! Ve O isterse bu kâinatı Kuddüs (cc) ismiyle temizlediği gibi benim kalbime Kuddüs ismiyle öyle bir tecelli eder ki, geçmişimi dahi hatırlayamaz, tertemiz olurdum. Ve O isterse Settâr (cc) ismiyle benim geçmiş yaşantımın, kusurumun, günahlarımın üzerini öyle güzel örterdi ki, her şey silinir giderdi çünkü O'ndan başka hiç kimsenin eli benim kalbime yetişemez. O yüzden, Allah diyor ki, kimi Ben'den çok seversen onu senden alırım. Onsuz yapamam deme, Ben onsuz da yaşatırım. Ve mevsim geçer, gölge veren ağaçların dalları kurur, sabır taşar ve Allah bir Kûn Fe Yekûn ile sonsuz bir ahiret hayatının kapısını açar. Bu ancak Allah'a firar etmek ile olur. O yüzden, *"Ya Baki Entel Baki yalnız Sensin. Mâsivâ (Allah'tan başka varlıklar) fânidir. Fâni olan, elbette bâki bir muhabbete ve ezelî ve ebedî bir aşka ve ebed için yaratılan bir kalbin alâkasına medar olamaz" (Bediüzzaman Said Nursi).*

Kusur yalnızca bana ait. Çıkmaz sokakların bile bir çıkışı varken, elbet geçerdi her şey. O yüzden, bu yol ancak Allah'a iman ile başlar, kaybolmalardan kendini buluşlara doğru ilerler. Yeter ki ben kör olmayayım. Koca kâinatın kim tarafından böylesine düzenle yönetildiğini anlayan bir insan, kalbine de kimin hükmedeceğini bilir. Ey ağlamamda bile beni düşünüp gözyaşımın tuz oranını ayarlayan Allah'ım, Ey ben bir elma yiyeyim diye koca kâinatı yaratan Allah'ım, kendimden bile kaçıp Sana firar ediyorum. Bana ibret olsun diye kesik elimi bile gözlerimin önünde "Ol" emriyle diken Allah'ım, Kudretini görerek Sana firar ediyorum. Şerrimden doğurduğun hayırlarla Sana tutunuyorum Allah'ım. Kalbimdeki kirlerden arınarak Sana tutunuyorum ve diyorum ki, ey yabancı ellerde savrulan kalbim, derlen toplan, toplan ki, küçük imtihanlarda leş olmayasın. Toplan ki ağacı dahi incitmeyen bir baltaya yön olasın...

Artık olmasını istediğim şeyler ile olan şeylerin arasındaki farkı 'hayırlısı' sözcüğüyle kapatıyorum.

Yeniden Başlamam İçin Bir Sebep Söyle

Bazen zor olanı seçtiğim halde, tamam dediğimdir aslında kolay olan. Bazen kocaman bir kalabalık içinde yalnız başıma kalıyorum, söylemek istediklerimi ise kimse duymuyor. Bazen de her şeyi baktığım kadar gördüğümü ya da anlamak istediğim kadarını anladığımı fark ediyorum. Bazen bir tek şey benim için her şey oluveriyor. Bazen de her şey tek bir şeymiş gibi geliyor. Tek varış, tek sonuç, tek bir yol...

Bazen sürekli sıkılıyorum, avazım çıktığı kadar bağırmak istiyorum, zerrelerime kadar işlemiş çığlıklarımı duyurmak istiyorum ama kimseler duymuyor. Herkes sağır da bir ben miyim konuşan? Sen söylemek istiyorsun da kimse dinlemiyor, diyorum usulca kendime... Dinleyen de senin feryatlarını, çığlıklarını mı duyuyor sanıyorsun, yine kendi anlayabildikleri kadarını işitiyorlar ve ben bundan da vazgeçiyorum. Uzunca bir yamaçtan kırmızı bir mendili suların çağlayan tarafına bırakır gibi, ben bundan da vazgeçiyorum...

Şehrin merkezinde bir karıncayım. Kollarını açmış deliler gibi bağıran bir karınca. Duyan var mı, hayır. Peki, tamam. Yıllardır süren ilişkin bitiyor, yıllardır güvendiğin bir duyguyu insanlar bir anda yitirmene sebep oluyor ama ne yapalım, sabahına akbil basıp işe gidiyoruz, ben ne ara şiir yazayım? Oysa ne kadar da hassas davranmıştım insanlara, duşta sıcak soğuk su ayarını yapar gibi narindim, ancak o kadar çok didiklemişim ki, musluk radyo yayınlarına geçmiş. Mesaj belki doğruydu ama yöntem yanlıştı. Oysa onun, "tüm İslam Âleminin bayramını kutlarım" mesajını bana atmasına, tüm İslam âleminin bayramını kutlamak için neden bana mesaj atıyorsun bile dememiştim. Bundan mı kaybetmiştim yoksa o dini mesajları on kişiye göndermedim diye mi? Al şu mısrayı cebine koy diyorum kendime, yüreğin yanıktır, bir yerlerde lazım olur.

Düşünmek istiyorum gecelerin kollarına kendimi sarıp ama geceler de izin vermez olmuş. Hayır, yani sen mi daha siyahsın, benim yanan ciğerim mi? Bir tur kapışalım mı, diye sormak istiyorum. Sığınabileceğimi sandığım o karanlıklar dahi beynimi kemiren bir zifte bulaşıyor. Ne çok zift kokusu sarmış burayı, ciğerlerim ne çok yanmış! Yoksa yanık ciğerlerin kokusu mudur zift sandıklarımız? Sanki bir denizin ortasında kalmışçasına, çırpındıkça batıyorum, ama engel olamıyorum reflekslerime, battıkça daha çok çırpınıyorum. Dibe doğru kayıyor ayaklarım, bunu hissedebiliyorum, tuzlu su genzimi daha da yakıyor. Hani yandıkça içmek istersin, içtikçe yanarsın, öyle bir şey işte. Bir döngü halinde sabahlara ulaşırken, bir bakıyorum, önce uykularım kaçmış sonra tadım, ben bile kendimden yorulmuşum. Öyle solmuş ki çehrem, artık kaçanları sayamayacak kadar yorgunum ve ben sıkılıyorum ve yine sıkılıyorum...

Dört duvar arasında betonlaşmış hislerim ile kerpiçten mütevellit saatlerin ilerleyişi durmuş gibi, sıktıkça sıkıyor ruhumu. Taş kesilmiş bedenimde, içimde kopardığım kıyametler lime lime yakıyor ruhumu. Önce hiçbir şey yolunda gitmemeye başladı, sonra elimi neye atsam kurudu, kırıldı, paslandı, işlemez hale geldi. Binbir zorlukla açtığım kapılar yavaş yavaş yüzüme kapanmaya başladı, yenik düştüğüm imtihanlarda her gün çırpınıp dururken başaramadığım her an kâr kaldı hayatıma. Aslında tek kâr sanaydı içimin hoyrat rüzgârları... Pek bir asiydin, usulca durmazdın, bir soluk alsam burnumdan getirirdin. Yalnızlığımda ne çok konuştuk seninle, ne çok konuştun benimle. Fazlasını görmeyen, duymayan bedenimle artık içten içe eziliyorum, büzülüyorum ve bilemiyorum. Evet, bilemiyorum. Dilim kurumuş, su istiyorum, ne uzak kalıyor komidinin üzerindeki bardak. İyi ki perdeleri koyu renk seçmişim, içim açılıyor karanlıklardan yeni karanlıklara. Gelenleri görmüyorum, gidenleri duymuyorum, kalbim de yabancı artık bana, ruhum da. Yolda giderken değil, yol ayrımında tanırmışız insanları. İyilik yap denize at derlerdi. İnsanlar anlamadığı için miydi yoksa balıklardan daha hızlı unutmaya meyilli olan varlıklar olduğu için mi? Aynada baktığım yüzü tanıyamadığımdandır belki de artık dağınıklığımın sebebi, belki de bundandır aynaların toz tutmuş kirleri. Biri neyin var diye sorduğunda cevabım, boğazımda düğümlenen gözyaşlarım oluyor. Bu gözyaşının tuzu fazla kaçmış! Ve susuyorum... Öyle bir susuyorum ki, anlatsam çıkmayacakmış gibi kelimeler, anlatsam duyuramayacakmışım gibi, anlatsam gözyaşlarım bana izin vermeyecekmiş gibi. Depremleri anlattığım susmalarımla sadece öylece susmuş oluyorum, dedim ya, susuyorum. Kıyamet kopuyor, tsunami çıkıyor, gökdelenler gömü oluyor, denizlerin suyu çekiliyor, balıklar ölüyor, ben sadece susuyorum.

Ne anlatacağımı bilemeden soluk benzim ve ruhumun yorgunluğunu anlatan gözlerim, barlar, kulüpler, kahvehaneler, yeni moda kafeler, alışveriş mağazaları ve hatta haram ilişkilerden geçmiş bir hal ile karşımda duruyor öylece. Zafere giden yolda çekilen çile ben miyim? Gecenin bir yarısı yatağın ucuna oturup edilen duanın, hissedilen acının izahını nasıl yapabilirim ki? Ama ben içimdeki o boşluğa bir türlü cevap olamıyorum, bir çıkış yolu bulamıyorum. Bu boşluğa bir isim mi bulsak ey hoyrat rüzgârım ne dersin? Böyle sahipsiz gibi bakıyorum sana, sahi, işin gücün yok mudur senin, susmalarımı bile takip ederken yorulmuyor musun? Artık cevap arıyorum, anlıyor musun? Çalmadık kapı bırakmadığımı sanıyorum, her vurduğum tokmakta biraz daha tükeniyorum. Aşınmış ellerim yorgun düştü kapılar eşiğinde, kimse yok mu? Etrafıma bakıyorum, kimse yok, bir el, bir ses arıyorum, kalabalıklar içinde muazzam bir yalnızlık hissi ve ben başrolde. Ama artık yapamıyorum! Pardon bakar mısınız, müsait bir yerde dünyayı durdurursanız inmek istiyorum... Artık dayanamıyorum ruhumun sıkışıp kaldığı bu kuyuda, nefesim tükeniyor gibi, çok havasız burası. Tüm bu olumsuzluklar karşısında hoyrat rüzgârım, benim asi yanım, bir çıkış kapısı aralıyor; intiharın eşiğine adım adım sürüklerken beni. Öylece ümitsizlik deryasında kayıp giderken kimsenin beni anlamaması içimi daha da yiyip bitiriyor. Kaç milyarsınız, kaç milyarsınız da beni anlamıyorsunuz! Anlamı yokmuş sayıların, sessizlikleri arasında hiçbir anlamı yokmuş. Fonda çalan geceler siyahı bir ses durmadan beynimde taht kurarken, bir anda bir şey oluyor, karşıdan bir ışık yanmış gibi gözlerim açılıyor. İnandığım Bir Zat (cc) olduğu aklıma geliyor ama içinde bulunduğum maddi ve manevi hayatın berbatlığı beni iyice ümitsizliğe sürüklüyor. Günahların içinde, bataklığın içinde bu hayattan nasıl çıkabilirim diye düşünürken, bunca yıl benimle bir karıkoca ilişkisinden daha kuvvetli bir bağ kurmuş olan hoyrat rüzgârlar hiç vakit kaybetmeden işinin başına geçiyor ve diyor ki, Allah seni affetmez! Ne yaparsan yap! Bu kadar hata yaptın, bu kadar kusur işledin, bu kadar bataklığa saplandın, saplandıkça daha da diplere daldın, çalmadık kapı bırakmadın, artık çözümü yok! Allah seni affetmez, diyor bana acımasız gözleriyle bir hoyrat rüzgâr. Allah seni affetmez! Artık her şey bitti, artık her şey için çok geç. Binlerce kez tövbe etsen de Allah seni affetmez diyor. Susturamıyorum seslerini. O cılız sesiyle kelimelerini bastıra bastıra söylediği cümlelerini susturamıyorum. Zaten Allah seni sevseydi bu durumlara sokar mıydı, diyor. Bir başına böyle bırakır mıydı, işte sevmiyor seni, bak çırpınıyorsun kurtarmıyor seni! Allah seni sevmiyor, diyor bana ve beni çıkmaz sokaklara sürüklüyor. Tutunamıyorum düşerken hiçbir yere, çok acımasızsın! Ne yapacağımı bilmediğim bir hale getirirken beni, Allah'tan uzaklaştırıyor ve her geçen gün intiharın eşiğine adım adım daha da yaklaştırıyor. Biter mi gerçekten her şey son nefesi de verince? Ama ya sonrası, sonrası... Düşünmek istemiyorum. Bırak, diyorum, bırak sökük kalsın rüzgâr, savursun seni, savursun, bilmediğin yollarda kaybolursun. Güneşin batışı artık hüzün bahçem, sanıyorum ektiğim feryatlarım büyüyecek, büyüyecek, daha da daralacağım, daha da sıkacak beni. Hayır! Oysa unuttum ben, Rabbim "Ol" demeden çiçek açmazdı dallar, Rabbim "Ol" demeden bulamazdı karıncalar benim nerede olduğunu bile bilmediğim yuvalarını. Söylesene, aç bir kediye dertlenen insanın aklına aç bir karınca da gelmiş midir? Sahipsiz mi sandın sen kendini ey benliğim? Senin o küçücük gördüğün karıncanın dahi rızkını unutmayan Allah, unutmanın Kendisi'nde bulunmayan bir Allah, seni dert çekesin diye mi yarattı sanırsın. Kara karıncayı gece vakti gören Allah, seni işitmez mi sanırsın...

Peki, soruyorum sana ey içim, ey garip yanım, ey suskunluğum! Yetmedi mi bugüne kadar hoyrat rüzgârların sana vekil ettiklerinin sırtından vurması? Ayağına çelme takması, kapıları yüzüne teker teker kapaması? Yetmedi mi boynuna bir tasma takıp seni köpek gibi kullanması? Görmüyor musun, dünya da aynen bir sinema perdesi gibi, kendisi sabit olmadığı gibi içindekiler de fani. Hiç durmuyor ve durmadan akıp gidiyor. Hayatlarımız ise izlediğimiz bir film kadar kısa ve geçici. İhtişamlarla süslenmiş bir sonu olmayacak kadar daha gerçekçi. Hem, *"Dünya madem fânidir, değmiyor alâka-i kalbe" (Bediüzzaman Said Nursi).* Hem madem dünya diyecek ki ben kimseyi satmadım, herkes kendini bana kiraladı. Tam da burada bir es de benden sana. Şimdi Vekillerin Vekil'ini (cc) kabul etme zamanı, dinleme o rüzgârın hoyratlığını ve çıkart at birlikte imzaladığınız o evlilik cüzdanını. En iyi ben bilirim, büyük yaraların var sanırsın, oysa ilacı tek bir ayette gizlidir, aramıyorsun ki bulasın. Bakmazsın ki, çok kapı çaldım sanırsın. Kuruyan gönlüne başka ellerden su mu beklersin? Elden bekleme, ellerinden bekle, aç ve dua et seni Yaratan Rabbine. Yeryüzünü yeşerten, yeniden dirilten, baharları müjdeleyen Rabbin senin gönlünü unutur mu sanırsın? Sil yüzündeki hüznünü, biraz hırpalandın hepsi bu, yoksa Rabbinin vaadine güvenmiyor musun? Kızgın kumlar epey bir yaktı ayaklarını, hadi şimdi serin sular vakti. Yerinden kalk, doğrul ve de ki, Hasbunallâhu ve nimel vekîl! Hasbunallâhu ve nimel vekîl!

Hasbunallâhu ve nimel vekîl! Artık benim Vekilim yalnızca bütün kâinatı elinde tutabilecek Zat'tır. Çünkü yalnızca bütün kâinatı bilen benim sıkıntılarımı bilebilir. Artık benim Vekilim yalnızca bütün işlerin elinde bulunduğu Allah'tır. Çünkü yalnızca bütün işleri düzenleyen benim sıkıntılarımı giderebilir. Artık benim Vekilim yalnızca Güneşi doğudan doğurup batıdan batıran Cenabı Hak'tır. Çünkü yalnızca Güneşi doğudan doğurup batıdan batıran benim hayırlarımın ne zaman doğup, dertlerimin de ne zaman batacağını bilebilir. Küçücük sineği kim yaratmışsa, geceyi dahi, güneşi dahi, arzularımı dahi, isteklerimi dahi, dualarımın kabulünü dahi, geleceğimi dahi O yaratmıştır. Bunca yıl senin hoyratlıklarına, hep ne dediğine bakmış olabilirim ama vakit, bundan sonra Rabbimin ne dediğine bakma vaktidir. Evet, ben bu kadar çok hatalar ettim, bu kadar günaha girdim, bataklıkta çırpınan bir fare gibi, çırpındıkça daha da diplere daldım. Fakat artık Rabbimi dinleme zamanım gelmedi mi?

Baksana ne diyor Rabbim, *"Ey kendi aleyhlerinde haddi aşmış kullarım! Allah'ın rahmetinden ümidinizi kesmeyin, çünkü Allah bütün günahları bağışlar" (Zümer Suresi 39/53).* Artık bana düşen ise samimi bir tövbe etmektir, hem unutma ey içim, bütün günahlarımı toplasalar, Allah'ın rahmet okyanusundan bir damla dahi etmez. Hem demiyor mu Rabbim, *"Kulum bana bir adım atarsa Ben ona on adım atarım. Kulum bana yürürse Ben ona koşarım" (Buhari).* Hem inanıyorsanız üstünsünüz diye devam ediyor. Hem unutma, Allah'ın rahmetinden yalnızca kâfirler ümit keser. Ben kâfir değilim ki, ben müşrik değilim ki, ben münafık değilim ki! Ben Mü'minim. Evet, hata etmiş olabilirim, kusur işlemiş olabilirim, günaha girmiş olabilirim, bataklıkta saplanmış olabilirim ama ben Mü'minim! *"Eğer siz günah işlemeseydiniz, Allah sizi helak eder ve yerinize, günah işleyip, peşinden 'tövbe' eden kullar yaratırdı" (Müslim, Tevbe, 9, 10, 11)"* diye beni umut denizine atan Peygamber Efendimin (sav) sözlerini dinle. Unutma, ben Mü'minim! Kulak asma artık rüzgârın hoyrat sözlerine. Vakit dolunca dünya insanı kusacak, rüzgârların hoyratlığı bile insanı satacak. Beni açıkça inkâr ve isyana çağırdığını söyleyen, akıbeti sonsuz bir cehennem olan o hoyratlık mı kurtaracak? Ümidini kaybetme, ben Mü'minim! Beni her ayette aşağılayan bir hoyrat rüzgâr, bana öğüt verecek bir dost olabilir mi? Çıkart at içinden isyan bayraklarını, şaha kaldır dualarını. Ser seccadeni ey içim, otur, anlat Rabbine içinden geçenleri. Sen daha anlatmadan, düşüncene bile gelmeden bilen Rabbine bir bir dök içini. Rabbim ben geldim de, kırgınlıklarımı, dertlerimi aldım da öyle geldim de. Çok yorgunum, heybemi doldurdum da geldim ama bilirim, Sana ağır gelmez, de. Beni burada kırdılar Rabbim, şurada tükettim umutlarımı, bu yollardan geçtim ama pişmanım de. Pişmanlığım Sen'in Adının anılmadığı sokaklarda geçmez sandığım bütün dertlerimedir, susmaz sandığım acılarımadır, Sen'siz söylediklerimi konuşma saymamadır, Sen'i düşünmeden aldığım nefeslerimi yaşamak sanmamadır, de. Bak nasıl dolacak içine baharlar, pencerelerini nasıl delecek kuş cıvıltıları. Senin düşüyorum sandığın yerlerde duan tutacak seni. Üstad Bediüzzaman Said Nursi'nin dediği gibi: *"Dua eden adam bilir ki, birisi var ki onun sesini dinler, derdine derman yetiştirir, ona merhamet eder. Onun kudret eli her şeye yetişir. Bu büyük dünya hanında o yalnız değil; bir Kerîm Zât var, ona bakar, ünsiyet (yakınlık) verir. Hem onun hadsiz ihtiyâcâtını (sınırsız ihtiyaçlarını) yerine getirebilir ve onun hadsiz düşmanlarını def edebilir bir Zât'ın huzurunda kendini tasavvur ederek bir ferah, bir inşirah duyup, dünya kadar ağır bir yükü üzerinden atıp 'Âlemlerin Rabbi olan Allah'a hamd olsun' (Fatiha Suresi 1/2) der."*

Vedalar hiçbir zaman tek kişilik olmazmış. Ya başını koyduğun başka bir omuz varmış, ya elini tuttuğun başka bir el, ya gözlerine dokunan başka bir şey varmış ya da kalbini saran, benliğini esir alan hep başka bir şey. Vedalar hiçbir zaman tek kişilik olmazmış, Allah'ın huzurundan seni kovduran hep başka bir etki varmış! Ve sen artık ümitsiz olma içim. Şimdiye kadar tesettürsüz mü bıraktım seni? Belki işleyememiştim ben de ruhuma ama umudunu yitirme. Bugüne kadar namazsız mı bıraktım seni? Ama umudunu yitirme. Haram sevdalarda mı kirlettim seni ey kalbim, ama umudunu yitirme. İçki masaları mı büyüledi gözlerimi? Ama umudunu yitirme ey göz nurum. Yeniden başlaman için, bak bir nefes daha aldın. Rabbin sana bir tövbe daha ikram etti. Sen Mü'minsin, bu ikramı kabul etmen gerekir, hadi bir nefes daha al. Bak Rabbin seni nasıl da çağırıyor. Nasıl da vazgeçmedim diyor, dert verdim ki gelesin diye, dert verdim ki Ben'den başka kapılarda oyalanmayasın diye, diyor. Sanma ki habersiz, sanma ki seni duymaz! Seni en çok Rabbin duyuyor, bu yüzden seni dünyaya vermek istemiyor. Seni de anlıyorum nefsim, dert, sıkıntı sana vurmasın ama ölünce de cennetle müjdelenelim istiyorsun değil mi, çay da var içen mi? Çığlık atmak istiyorum, Rabbim beni seviyor, en çok O (cc) seviyor diye. Bırakma Ya Rab beni dünyaya! Nasıl bir ağacın daha gür olması için, o ağaçtan meyve elde etmek için ağacı budamak gerek, işte şimdi ben de bu vakitteyim. Dertlerim dünyaya daldığım her bir anımı budarken sen korkma içim, elbet sonunu bilen Rabbin sana meyvelerini de verecek. Bir an hasta olduğun o zamanları düşün, iyileşmen için gereken o acı ilaçları. Şifana vesile olacak ilaçları içtiğin gibi, o tada dayandığın gibi dayan, biliyorum, ayaklarım denizin en dibine vurdu ama şimdi daha güçlü bir sıçrayış ile su yüzeyine çıkman için bütün sebepler elinde.

Ben başıboş değilim ki, Rabbimin kapısından kovulmuş değilim ki! Bırak insanları kapatsınlar kapılarını, sen her kapıyı elinde tutan Rabbinin kulusun. Günahkâr olabilirsin ama sakın affedilmem sanma. Affedilmenedir bu dertlerin var oluşu. Gözünden akan yaşlar kalbinin nefes alışınadır, ciğerlerine dolan nefesin temizliğinedir. Ya Rab, en son ne zaman aynı duygularla böyle ağlamıştım? Ah doğduğum ilk o an, ah... Ümmetin en iyisi olamamış olabilirim ama ben ümmetin en kötüsü de değilim. Kapat gözlerini, sana şah damarından daha yakın olduğunu söyleyen Rabbinin geçemediğin imtihanlarına binaen geçmen için verdiği yeni dertlerini düşün. Kapat gözlerini, yüzünde koca bir tebessümüyle sana bakan, yeni emeklemeye başlayan iri bir çift göz düşün. Karşısındaki renk cümbüşü ateş öyle ilgisini çekmiş olmalı ki, ona doğru ilerliyor. Ateşin yakıcı olma ilmini henüz öğrenmediği için ilgisini cezbediyor. Sen oradasın ve görüyorsun, eğer izin verirsen yanacak, izin vermezsen amacına ulaşamadığı için ona zarar vermişçesine ağlayacak. Seçimin ne olurdu? Elbette insani duygularımı yitirmiş değilim, o yavrucağın ateşe dokunup yanmasına nasıl izin veririm! Ne kadar ağladığı benim için kâr dahi sayılabilir. Onu zarardan kurtarmış biri olarak her döktüğü gözyaşına karşılık yanmamış olması bana nasıl da huzur veriyor, ah, gül gülistana döndü içimin kıyıları! Ateşin yakabileceği ilme sahip olmayan bir bebeği bütün ağlamalarına rağmen vicdanımla kurtaran ben dahi onun ağlamalarını bir kurtuluş sayarken, zanneder misin ki ey içim, bu ağlamaların dert içinde boğul diyedir? İşin sonunda ulaşacağın hayır kervanını göremediğin için, bu ilme sahip olmadığın için sızlanıp durursun, oysa Müdebbir olan Allah (cc), istediklerinin sana zarar vermemesi için seni o ateşten korumaktadır. Rabbinin merhametinin gölgesinin gölgesini taşıyan bir varlık olarak senin bile merhametin el vermez iken Rabbin senin bilmeden istediğin o ateşlere girmene nasıl izin verebilir? Ah Rabbim, ne merhametlisin, ne çok harcamışım vaktimi kimseler duymaz iken hoyrat bir rüzgârın kasırgalarında. Öyle bir girdin ki hayatıma, susadığım her güne değdi Allah'ım...

Eğer içinde bulunduğum bu dertlerim olmasaydı, başıma bu musibetler gelmeseydi, ben artık kendim değil, Firavunane bir ben olabilirdim. Hatırla, onun başı dahi ağrımadı. Ağrımadı ki Rabbini anmaya bir vesile sebebi bile olmadı. İster miydin sonun onun gibi müzede ibretlik bir eşya olsun? İster miydin dertsiz bir hayat yaşarken Firavunlaşmak? Affet Rabbim! Affet... Dert saydıklarım devaymış bana. Tıpkı hastalandığımda, şifayı kaptım demem gibi!

Unutmamalıyım, dışarıdaki çamuru çiçekli penceremden izlersem o toprağın çiçeği büyüttüğünü görebilirim, bir kova su ile izlersem çamur ettiğini. Dön bak derdini sana gönderene ey içim, nasıl da yerini bulacak hüznün. Bir padişah tarafından altın sandıklar içerisinde sana gönderilen hediye bir elmayı hayal et. Ne büyük nimet! Elmanın gelmiş olmasından çok, padişahın seni seçip sana gönderdiği bir hediye olması ile kabaran göğsünün elmayı yemenle ağzında bırakacağı tadı düşün. Peki ya Rabbin? Sana bir tek elma sunmak için gerekli olan kâinatı yaratan Rabbin ne diyor, hâlâ dinlemeyecek misin?

Farkında mısın, şu anda doksan altı bin kilometre uzunluğundaki, uç uca eklendiğinde dünyayı iki buçuk kez dolaşabilecek olan damarlarım birbirine dolaşmadan nefes alabiliyorum. Bu bir mucize! Bu, Rabbimin "Ol" emri! Bu düzeni işleten Rabbin hâlâ umudun olduğunu, tövbe edip yeniden başlaman için bir sebebin olduğunu söylüyor. Sen hâlâ bunu görmeyecek misin?

Gel seninle adalet timsali Hz. Ömer'in (ra) zamanına bir yolculuğa çıkalım... Müslüman biri içki içiyor ve ona gelip diyorlar ki, "bak yapma, Ömer (ra) görür, duyar." Tabii o Müslüman çok da kaale almıyor, "ne de olsa Hz. Ömer (ra) bana uzak," diyor, "beni görmez, duymaz, alkol aldığımı bilmez," diyor. Aradan bir zaman geçiyor ve Hz. Ömer (ra) Efendimiz onun alkol aldığı haberini alıyor ve adama Gâfir (Mü'min) Suresi'nin ilk üç ayetini gönderiyor:

"Ha, Mim.
Bu kitabın indirilişi, güçlü ve her şeyi bilen Allah tarafindandır;
Mutlak galip, hakkıyla bilen, günahı bağışlayan, tövbeyi kabul eden, azabı çetin, lütuf sahibi. O'ndan başka İlah yoktur! Dönüş ancak O'nadır."

Ve kâtibe, onu ayık bulduğunuz bir anda bu mektubu ona verin, diyor. Kâtip birkaç gün bekledikten sonra yolda yürürken o adama denk gelince yanına çağırıyor ve diyor ki, "Hz. Ömer'den sana bir mektup var!" Adam mektubu eline alıyor, okuyor, okuyor... Ve başlıyor ağlamaya: "Bunu bana Ömer (ra) göndermedi, bunu bana Rabbim gönderdi! Çünkü Rabbim beni affedecek, Rabbim beni bağışlayacak!" diyor. Tıpkı Rabbinin, içinin satırlarına bu hasreti düşürmesi gibi. Tıpkı Rabbinin sana yalnız değilsin kulum dediği gibi. Ümitsizliğe düşme çünkü Allah seni de affedecek! Çünkü Allah, beni seviyor ey içim! Sevdiği için, yok olan beni varlık sahasıyla şereflendirdi. Ümitsizliğe düşme, çünkü Allah beni de affedecek!

Çok özlemişim Seni Rabbim! Savrulan bir hoyrat rüzgârdan kaçtım da geldim Sana, içimin baharlarını ne çok özlemişim! Ne yaptım ne ettim de içimin zindanlarından firar ettim

Sana Rabbim. Kuyuda bir Yusuf sanmışım kendimi, ne çok büyülemiş o hoyratın acımasız sözleri beni! Nasıl ihanet ettim ben Sana Rabbim! Nasıl Sen'in huzurundan kovduğun bir hoyratın sözlerini arkadaşlığım sandım... O konuşurken herkes susuyordu, anlamıyordum Rabbim, anlamıyordum bunca insanın susmasını, meğer oymuş beni herkesten uzaklaştıran. Meğer ben düşeyim diyeymiş, meğer ben de yanayım diye. Dünyada yandığım her bir ânımı nimet bilirim Rabbim, dünyadaki parçalanmalarımı nimet bilirim. Peki ya Sen, beni yeniden kulun bilir misin? Hiç vazgeçmedin ki benden, hiç bırakmadın ki ellerimi, Sen olmasan nasıl çıkardım o kuyudan. Kuyuyu yaratan içindekini de bilmez miydi, yanılmışım Allah'ım, ne çok yanılmışım! Artık olmasını istediğim şeyler ile olan şeylerin arasındaki farkı, "Hayırlısı" sözcüğüyle kapatıyorum Allah'ım. "Hayırlısı" benim yara bandım. Dağların tepesi gerekmezmiş çığlık atmaya, gerekli değilmiş. Bir seccade fısıltısında arş dinlermiş beni, görememişim Rabbim. Asıl körlük bu imiş, asıl yürüyememek bu imiş. Huzuru kokluyorum seccademin bir köşesinde, bu didardan mahrum eyleme Rabbim beni. Biliyorum artık mahrum eyleyenleri, açıldı gözüm artık ama Sen beni, dilim gitmiyor, söylemeye utanıyorum ama Sen beni bırakma Allah'ım, nankörlük eder yine Sen'i unutur isem, Sen yine güzel bir dönüşle yoluna çevir Allah'ım... Şimdi zerrelerimi yüklenip, renk renk reçeller dizdiğim ruhum ile fısıldıyorum bir seccade sessizliğinde, Rabbim beni de affedecek! Rabbim seni de affedecek...

Ben kendime gelmek istedim, sokaklarım hep sana çıktı Allah'ım.

Hayırlısı...

Uçurumun kenarındayım.

Omuzumda taşıdığım ne varsa, tozlanmış ayaklarımla bir yamaçtan aşağısını seyrediyorum. Yüküm bir hayli ağır, dik duramıyorum, güçlü kalamıyorum, yerçekimine meydan okuyamıyorum. Hem yârdayım, hem de çok yüksek bir yardayım. Bir adım atsam uçurumdan düşmem an meselesi. Şiddetli bir rüzgâr esiyor. Tüm soğukluğu bedenime işlerken, her bir darbesi yüzüme çarpıyor. Put gibi durduğum uçurumdan geçmişimi, hayallerimi, sevdiklerimi, kalbimden kovduklarımı, geçmişte yaptığım hataları ve ufka yakın yerlerde geleceğimi ama az ama çok görüyorum. Kafam karışık, kalbim yorgun, ruhum bulanık. Her şeyi kabullenip yoluma devam etme ya da her şeyden vazgeçme eşiğindeyim. Zihnim ve kalbim, düşünce ve his senkronunu tutturmaya çalışırken rüzgâr beni ha itti ha itecek. Ağzımdan çıkacak, kalbimden geçecek bir sözle yar benim için her yönden anlamlanacak. O an hiçbir şeyi bilemediğim gibi, karar da veremiyorum. Karar almanın zor olduğu, hissetmekten korktuğum yerde, kendimdeyim.

Uçurumun kenarındayım.

Dik bir yamaç dibinde en çok kendi ayaklarıma acıyorum. Bu haliyle pek bir eski geliyor gözüme. Dokunsam diyorum, silsem kirlerini, atsam paslarını bükülmüş belim kamburunu azat eder mi? Hayır diyor, beynime köhnemiş bir ses. Mır mır mırıldanırken beynimde bir kedinin patisiyle camı çizmesi gibi, sesler uğulduyor. İçim tırmalanıyor. Haksız da sayılmaz elbet, bunca yılın yükü bir pasla çıkamazdı tırnaklarımla kazıdığım kalbimden. Biraz başım dönüyor, oksijenden olmamalı, canım bu kadar yanarken aldığım her nefes bu kadar içimi sökerken sebebi bu olmamalı. Yanardağ başlarına biber közlemeye gider gibi elimi kolumu sallaya sallaya çıkmışım da bir magmanın cazibesiyle kül olup dönmüş gibiyim, mutluluktan tam havaya uçacakken uçağın biri gelmiş, tam on ikiden çarpmış gibiyim, küçük bir balıkmışım da çöle tutulmuş gibiyim. Yanardağlar başında köz olmuş avuç içlerim gözyaşlarımı silmekten yorgun. Dedim ya, en çok kendime acıyorum. En çok pişmanlıklarıma... Beynimdeki o sesle kavgam işte bundan mütevellit. Şimdi dönsem, tutsam ellerimden, bana yine en çok ben sahip çıksam. Düşmeme izin vermesem, kırılmama izin vermesem, en çok ben tutsam ellerimden. Verdiğim değerlerin fazlalığından bükülen belimi en çok ben doğrultsam. Ve sen sussan, bir ses kadar bile hareketin olmasa beynimde. Kaç kuruş tutardı ki seni mumyalatmak? Kesin buraların oksijeni çarptı. Artık sussan, bir sussan da ben kendimi bir yola koysam. Sen miydin dinlediğim, sen miydin beni kendime şimdi bu kadar yabancılaştıran? Bu ben olamam, olmamalıyım bir kalp avuntusunda kendini bu denli kaybeden, bu yaşında kalbi bir gecede ağaran ben olamam. Okul sahnesi oyunculuklarıyla dizilerden fırlamış bir gecede saçları beyazlayan insanların rolleri o kadar da kötü değilmiş meğerse. Ne kadar da yabancısın bana, içimden başka biri fışkırmış gibi dikiliyorsun karşımda. Uçurumun bu kenarına seni koymak istiyorum, sana hesap sormak istiyorum. Aklını sorgulamak, kalbini çıkarıp eline tutuşturup kaçmak istiyorum. Bir tekmeyle savursam seni şu yamaçtan aşağı, bir tekmeyle savursam da kefene sığabilecek yaştayken tek bir adımda uğurlasam içimden. Saçı başı dağılmış, yüzündeki o donuk ifadeyle utanmadan bakarken bana nefret doluyorum, daha da nefret ediyorum kendimden. Değer miydi demek istiyorum beni sürüklemene, koca bir hayatı başımdan aşağı geçirmene sahi değer miydi? Değseydi elinde ne kalırdı, ne vardı senin yanında olan, oysa öyle fazlasın ki bana... Oysa öyle fazlasın ki şu dünyaya...

Uçurumun kenarındayım.

Biraz kırgın, biraz narin, biraz hoyrat. Kızgınlıklarım da var elbet, bu heybe öyle küçük çakıl taşlarına kanmadı. Kayalardı içimi aşındıran, kayalardı yüzümü buruşturan. Güleç yüzlü hasırdı bana, karşı koyamadan yitirdiğim yıllarıma. Bir adım atsam her şey değişecek, bilincindeyim. Belki bir adım ileri belki bir adım geri ama her şeyi o adım değiştirecek. Benim için büyük, insanlık için küçük... Ne çok insan vardı birbirini anlamadan aynı sokaklardan geçen. Ne çok insan vardı aynı durakta, aynı acıda bekleyip de birbirinden habersiz giden. Aynı yeryüzünü kullanıyorduk, belki aynı taşlara takılmıştı ayaklarımız olamaz mı? Olabilir ama hiç fark etmemiştik. Bir yârin hüznüyle savaşırken, bir dostun sırtını tanımıştım. Tanıdığım bütün sırtlar senin suçundu ey kocamış ben, sadece senin suçun. Ne acıydı insanlar, kalpleri ne katıydı! Ve sen ne de kördün, ne de sağır. Çeşmeye koşmak yerine susuzluğunu denizde gidermek istedin. Al, al dipsiz denizler senin olsun, iç kana kana! Geçecek mi şimdi susuzluğun? Dön bir baksana bana, şu gözyaşlarıma, kaç tuz tanesi taşıyorum şu içimde haberin var mı? Vurdumduymaz hallerinle girdiğin sokaklardan kaç yamayla çıktım ben, haberin var mı? Ah denizler... Belki de tuzları balıkların gözyaşlarıydı. Belki de içene bu yüzden hiç yâr olmadı, olamadı. Hangi gönül başka bir gözyaşı ile beslenebilirdi ki? Bir kahve içsem kırk yıl hatırı kalır sandıklarım, kırk yıl acısını bıraktı da gitti, bilemedim. Ağaç, elmasını koparana darılır mıydı hiç? Kalbim neden bu kadar acıyordu, neden bu kadar yorgun düşmüştü benliğim? Gelmeler bir yoldu, gitmeler de bir çıkmaz sokak. Gidenin gelemeyişi belki de bundandı. Yalnızlık hissi ne çok şey öğretiyordu insana, gölgesinin bile her an yanında olmadığı içim ne çok yalnızdı! Bazen yetmiyordu kendimle de konuşmak, eksik kalıyordu. Biraz benden, biraz ondan, öyle işte... Ne gecelere sığabildim, ne gündüzlerde avunabildim. Uçurumun kenarında öylece takılıp kalabilmeyi seçtim. Ve sen şimdi gözlerini dikmiş beni izlerken kim bilir içinden neler geçiriyorsun. Hangi acıda tutulup kaldın da kim bilir hangi hüzün gecelerini özlüyorsun? Boğazıma kadar ümitsizlik çukuruna batırdığın ben kaçmak istiyorum artık senden, ne yana dönsem sobeliyorsun beni. Bir adımla yıkabileceğin beni susuşların bile bitirirken, dönüp arkamı, gözlerimden şu rezil halini silmek, atmak istiyorum.

Uçurumun kenarındayım.

Düşüşler ve düşler hengâmından geçerken hayal kırıklıkları batıyor canıma. Her tarafım kesik. Bu kadar acımasızlığa ne gerek vardı diye soruyorum gözlerini bir dakika olsun benden ayırmayan bana. Dönüp bakıyorum aşağı, aramızdaki uzaklık gibi bir hayli uzağım artık içinde yaşadığım şu dünyaya. En çok da sana. Gözlerim kararıyor, görmek istemememecesine gözlerim kapanıyor. Bir el bekliyorum arkamdan çekip saracak, belki de geçti diyecek bir el bekliyorum. Tamam, tamam biraz garip ve ürkütücü oldu kabul ediyorum. Kendimi aynaların en iyi arkadaşı zannettim herhalde bir an, hani ben ağladığımda gülmeyen aynalar. Hah işte, şimdi ben ağlarken gülmüş de donup kalmışım gibi bir ses bekliyorum. Deliriyor muyum acaba? Hayır hayır, sen karışma bu işe. Çünkü insan bir adımla gidiyor, sonunu düşünmeden, geride kalanın hesabını biçmeden koca bir adımla gidiyor. Rengin, şeklin, kirpiğinin sayısı ne olursa olsun bir adım yetiyor. Gözlerimin nuru nerelerde sönmüştü böyle, nerelerde akıtmıştım ilk yaşlarımı? Var mı cevabın, beni sürüklediğin o adımlara? Var mı beni buradan kaldırıp sığdıracağın bir yer? Söylesene, çok mutluydun hani, her şey yolundaydı hani, hep böyle devam ederdi hani, hani, hani... Hayat denilen koca bir yolda benzinim bitmiş, arabamın tekeri patlamış, ayakkabılarım yırtılmış gibi öylece duruyorum. Hızla geçiyor yanımdan arabalar, ha çarptı ha çarpacak. Şimdi şuracığa düşüp bayılacağım. Yol bile taşıyamıyordu beni, koca dünyaya sığamamıştım. Sığamıyordum da, adım attıkça sanki yol kabarıyordu, gök ile arasında sıkışıp kalıyordum. Ben ezildikçe ezilirken, pişkin suratıyla hâlâ oradan bana bakan bir şey vardı, içimden, benden bir parça. Benden ama bana en zararı olan yanım. İnsanın üzerine bir duvarlar gelmezmiş, mavilikler in arasında sıkışıp kalınca anladım. Aynı gibi görünenler bile ne kadar farklıymış, bir pamuk beyazdı, bir bulut. Bir deniz maviydi, bir gökyüzü. Oysa ne kadar da farklıydı. Tıpkı ben ve... Anlayamadılar, derdimin hikmetini anlayamadılar. Boşluklar doldurmak için vardı ve kime yöneltsem mikrofonu hayatının eksikliklerini o üç noktaya dolduracaktı. Hor görmeden sevmeliydi her bir zerreyi. Bir zamanlar hor olanın ben olduğum gibi! Sahi herkesin de arka planında çalan bir fon müziği var mıydı? Ne özeldi, kimseler duymaz, kimseler dinleyemez. Melodisi bir bana hastı, bir benimdi, bir beni dinlerdi.

Uçurumun kenarındayım.

Büyük hesaplarımla hayallerimi düşünüyorum, heyecanla kurduğum hayallerimi, olur diye avunduğum birtakım kalp atışlarını. Dostlarımı düşünüyorum, ayrılmayız sanışlarımı. Oysa herkesin vedada bir yoğurt yiyiş şekli varmış. Oysa herkes bir gün el sallarmış. Bir hoşça kal sözünü çok görenlerden bahsetmek dahi istemiyorum, bazıları hoşça kalamazdı çünkü onlar hoş-çakallardı. Bazıları leblebi tozuydu, bazıları bir kâse çekirdekten çıkan o son acı kısımdı, bazıları bir kilo tatlı biber arasında acı çıkanıydı çünkü bazıları hep bazı kalmalıydı.

Uçurumun kenarındayım.

Bir huzur arıyorum, belki biri şu karşı kıyılardan bana da seslenir. Bazenler nasıl da çoğalıyor bazen ve insan hiç tanımadığı birine oturup saatlerce baştan sona her şeyi anlatmak istiyor. Hayır, seni istemiyorum yanımda, benden uzaklarda pineklemelisin artık bu hayatta. Bu istek benim tanımadığım biri olacağından mı, beni tanımayacağından mı kaynaklı bilemiyorum. Sadece anlatmak istiyorum, biraz da susmak. Susmadan anlatılmıyor bazı şeyler. Nasip diye bir kelime var ve kalp ne kadar kırılsa, kalbin Sahibi olana bırakılan bir teslimiyet şekli var. Suyun içinde yaşayıp suyu bilmeyen balık gibi. Dünyada yaşayıp Seni (cc) bulamamak, Allah'ım. Belki de bu yüzden susuyoruz, belki de... Mesela şu boğazımdaki düğüm kaç gecenin hıçkırıklarıdır, kaç yatak başı oturuşudur gecenin bir yarısı... Kimseler bilmez, kimseler anlayamaz. Saymak istiyorum kaç kişiyi kimse diye bildim, saymak istiyorum kaç kişiyi anlayabildim. Artık hiçbir önemi yok, sadece akan su dursun istiyorum ya da beni de sürsün bu diyarlardan. Gidince unutuluyor mu her şey? Gidince unuttunuz mu merak ediyorum. Yalnızlığımda kaç çift ayağın katkısı vardı da buraya kadar sürüklenmiştim. Ben ve içimden fışkıran o yabancı benliğimden başka kimseler yok burada, demek kimselerin bu kadar ağır yükü yok. Nerede dinleniyorlar, hangi yârin kollarında, hangi dostun ellerinde, hangi annenin kucağında, nerede dinleniyorlar? Dedim ya, en çok kendime acıdım. Bitmek bilmeyen güvenime, bitmek bilmeyen savrulmalarıma, bitmek bilmeyen anlayışlarıma, ben en çok kendime acıdım. Öldürürse bu öldürecekti beni, yakarsa, herkesi anlamak yakacaktı beni. Yalan söylemişim burnum uzamış, doğru söylemişim dokuz köyden kovulmuş gibiyim. Saatime bakmayalı uzun zaman olmuştu. Kaçıncı zamandaydım, kaçıncı acının yelkovanındaydım? Güneşin doğuşu değil de batışı acıtıyordu solgun avuçlarımı. Bu batışa şahit olanlar anlardı ancak beni. Kaç gecedir uykusuzdum, sayamayacak kadar yorgunum. Soğuk bir taşa dokunuyor ellerim, ürperdikçe ürperiyor içim, bir ses bekliyorum ısrarla, tek bir kelime. Hâlâ geçeceğine inanmak üzerime buzdan yağmurlar yağdırıyor. Gülen gözlerimi görmeyeli ne kadar zaman olduysa ben o vakittir üşüyorum. Ne çabuk büyüyor insan, ben çocukluğumu istiyorum. En çok ayağımın salıncakta yere değmediği günlerimi özlüyorum.

Ağzım yüzüm pamuk şekerden pembe olmuş koştururken sokaklarda, annemden yiyeceğim bir azarın en büyük korkum olmasını istiyorum. Tükeniyorum artık, tükendikçe kırılıyorum. Beynimin derinliklerinde taşıyamadığım vakumlanmış düşüncelerimle kırıldıkça yığılıyorum sessiz köşelerde. Annemin eskiyen çeyiz sandığı gibi. Kimselerden yardım da istemiyorum ah gururum, senin kadar diklenebilseydim şu hayata ne çok şey değişmiş olurdu hayatımda.

Uçurumun kenarındayım.

Bir uçurtma geçiyor karşı kıyıların oyulmuş taşları arasında. Bir çocuk görüyorum elinde kırmızı uçurtmasıyla, siyah pabuçlarına verdiği son sürat güç ile koşuyor. Gülüşlerini duyuyorum, içimde baharlar açıyor. Kahkahaları bütün taşlardan sekiyor sanki, avuçlarıma konuyor. Bir müjde gibi duruyor orada, elinde uçurtmasıyla. Doluyor gözlerim, ben hiç uçuramamıştım, hatırlıyorum, benim hiç uçurtmam olmamıştı. Olsun, diyorum, yine de yetiyor bu gülmeleri bana. Bir ses duyuyorum, tek bir kelime, "Geçecek" diyor, donup kalıyorum. Far görmüş tavşan gibi hissediyorum bir an kendimi. Doğru mu duymuştum, geçecek mi dedi o? Dönüp bakmaya korkuyorum, beklediğim o sesin sahibini deli gibi merak ederken. Beynimde tekrar yankılanıyor, "Geçecek!" çok da tanıdık geliyor ve çok da yakından. Ben ve benden taşan o asi yanıma eklenmiş üçüncü biri değil bu ses. Hissediyorum, iki kişiyiz, öyle bir ses ki, taşmış yanımı kovmuş olmalı buradan. Kime aitti bu güçlü ses, kime aitti benim bile yapamadığımı yapan bu cesaret? Son bir gayret diyorum, bulamıyorum o gücü, dönemiyorum. Film şeridi dedikleri bu olsa gerek, battığım geceler, avunduğum kollar, sırt döndüğüm gerçekler, boğazımdan geçen haramlar büyük bir karmaşayla geçiyor gözümün önünden. Geçiyor da gitmiyor. Midem bulanıyor, kendimi görmek dahi istemeyişim içimi kemiriyor. Aşağı bakıyorum, akan sulara, esen rüzgâra, bir adım atsam diyorum, atlasam rüzgârın kollarına. Uçsam uçabildiğim kadar, göklerden bir tur atsam, açsam kollarımı, yüzüme çarpan narin esintilerle bir nefes alsam. Saniyeler içinde yere çakılacağım geliyor gözümün önüne, bedenim elbet sığar o kumaşa, ruhum elbet susar ama ya sonra, sonra? İrkiliyorum, açıyorum gözlerimi, bir kelime daha duyuyorum "Hadi!". Bir cesaret arıyorum içimde, belki, diyorum, belki... Olduğum yerde derin bir nefes çekiyorum, ciğerlerime kadar inişini hissettikten sonra dönüyorum. Bu ses, bu gözler, bu uçurtma... Sahi, taşlardan çarpa çarpa içime seken o gülüş benim çocukluğum muydu? Şimdi bir uçurum kenarında karşıma kırmızı uçurtmasıyla dikilmiş, bana, geçecek mi diyordu? Bir an şüphe ediyorum, atlamış mıydım acaba, çakılmış mıydım yere, gerçek miydi her şey? Az önce derin acılarla baktığım uçurum kenarından bir kez daha bakıyorum aşağı, kimseler yok, en önemlisi de ben yokum. Ayaklarımı bastığım toprağa tekrar dönüyorum, ayaklarımı görüyorum ve çocukluğumun ayaklarını. Ne kadar temiz pabuçları, ne kadar da gülüyor gözleri. Koşup sarılmak istiyorum, olduğum yere çöküp avazım çıktığı kadar ağlıyorum. Başımda gezen ellerini hissediyorum, gözyaşlarımı silen minik ama güçlü ellerini görüyorum. Bir anda göğe takılıyor gözüm, uçsuz bucaksız bir mavilik gözlerimdeki yaşı buz tutturuyor. Ve sonra içimde bir his beliriyor. Geçmişte olanlara, şimdinin anlamsızlığına inat. İçimde değişen bir şeyler oluyor. Bir sözcük her şeyi tüm çehresiyle bir anda değiştiriyor...

"Hayırlısı" diyorum kendi kendime. Tek bir sözcükle geçmişime hükmetmeye, geleceğimi fethetmeye karar vermişken. "Hayırlısı" diyorum. Çöktüğüm yerden doğruluyorum, yalnızlığım bir anda kalabalıklaşıyor. Arkamda uçsuz bir yeşillik içinden sesler yükseliyor, biraz daha dikkat kesiliyorum. Otlar, ağaçlar, bulutlar, gökler, taşlar, topraklar bütün hayvanlar bir dilden bağırıyor, "Allahu Ekber!" "Allahu Ekber!" "Allahu Ekber!"... Sesim kısılıyor, soluğum kesiliyor. Hayrı aradığım şu uçurum kenarına bakıyorum, dönüp bir de var gücüyle bağıran o ota. Ya Rab, o otlar kadar yapamadığım kulluğumdan utanıyorum! Acılarımın beni nasıl hissizleştirdiğinden utanıyorum, önünde eğemediğim başımın beni nasıl diklendire diklendire gökler arasında sıkıştırdığını anlıyorum. Sen'den öte Yâr edinmeseydim yarlarda çürümezdim. Sen'den öte bahçelerde gezinip samanlarla oyalanmasaydım, adımlarım bu denli yormazdı. Sen'den uzaklaştığım her bir ânın sonucundayım şimdi...

Uçurumun kenarındayım.

Huzurundan adım adım kovdurduğum kendimin şimdi son adımındayım. Varlığını haykıran bu taşlar, dağlar arasında anlamlanacak bir yardayım. Sen'in adınla açılmayacak kapılar, dönülmeyecek yangınlar yokmuş meğerse. Duyarsam Sen'in adını susmayacak yorgunluklarım yokmuş meğerse. Ben kendime gelmek istedim, sokaklarım hep Sana çıktı Allah'ım. Özlediğim yalancı kollar, yalancı dost yüzleri değilmiş meğerse. Bu nefesi tekrar tekrar solumak istiyorum, içime işlemek istiyorum. Ayağımın altında fütursuzca ezdiğim topraktan özür dilemek, ben Sen'den özür dilemek istiyorum Allah'ım! Toprağın Sen'i haykıran zikirlerini duydukça ayaklarımı nereye koyacağımı bilemiyorum, nereye bassam utanıyorum Allah'ım. Yeryüzüyle gökyüzünün zikirleri birleştikçe ayaklarımın altları titriyor, iliklerime kadar Sana koşmak istiyorum. Yolunda bir ot parçası olmak istiyorum. Bana kulluğumu hatırlatan zikirlerine şuracıkta eşlik etmek istiyorum. İliklerime kadar haykırıyorum bunca zikrin içinde sesimi, Sana davetçi gönderiyorum Allah'ım. Açtığın kulaklarımı, açtığın gözlerimi Sen'in yolunda harcamak, Sen'i anmak istiyorum. Geceler boyu pişmanlıklarımı Sana arz etmek, dinmeyen acılarımda bana sarılışını hissettikçe daha çok acımak istiyorum. Kilometrelerce öteden yeniden dünyaya ayak basıyorum, "Bismillah" diyerek saçıyorum bütün kirlerimi, beş vakit huzurunda temizlenmeye geliyorum. Akan suların zikrinde Sen'inle konuşmak için abdest almaya atıyorum adımlarımı, bana mescit kıldığın koca kâinatta Sen'i haykırmak için açıyorum ağzımı. "Hayırlısı," diyorum, ellerimden akan kirlerle arınıyorum. "Hayırlısı," diyorum ve üzerine basmaktan utandığım toprağın beni sarmasıyla Sana secde ediyorum Allah'ım. Başımı ellerimin arasında bu kez huzurla hissediyorum, düşmelerim bu kez yalnızca Sana eğilişimden, ayaklarım bu kez kalkmak için acele etmiyor. Kokluyorum toprağı, her bir atomunun fihristesini çıkarır gibi çekiyorum içime. Hamurumun tadına varıyorum.

Uçurumun kenarındayım.

Rabbimin huzuruna buyur edilmiş, Adını anmama izin verilmiş bir sakinlik halinde gülüşlerimin göklere kadar uzanmasını seyrediyorum. "Geçecek," günlerine, bir "Hayırlısı" yazılı yıldız tozlarından serpiyorum. Sen'in beni terk etmeyişinin huzurunda kendimden geçiyorum Allah'ım. Meğer bitti diye bir şey yokmuş Sen'in katında, meğer dünyaya bağlandıkça acılar gelirmiş. Dünya zaten kalıcı değilmiş. Durmadan dönen, döndükçe değişen bir handan neler beklemişim, ne çok eziyet etmişim kendime. Aynaları suçlarken, duvarları yumruklarken, donuk halimle bir köşede kıvrılmış ağlarken meğer acılarım, çırpınışlarım Sen'in dergâhından kendimi kovdurmamaymış Allah'ım. Sen, git, demezmişsin, Sen atmazmışsın kulunu, unutmazmışsın, benmişim giden, benmişim unutan, benmişim arkama bile bakmayan. Bunca kirli halime, kaybettiğim benliğime rağmen bana bir uçurum dibini bile Sana dönen yol eylemişsin Allah'ım. Günde beş vakit bana seslenmişsin, Sen'inle konuşayım diye huzuruna davet etmişsin. Duydum, duydum ama hiç üzerime alınmadım ki, başkaları kılar namazı, başkaları boyun eğer emirlerine, başkaları itaat eder sandım. Hem benden de çok vardı, gecelerde batan, gündüzlerde yanan benim gibilerden de çok vardı. Hesap tek kişilikmiş oysa, her koyun kendi bacağından asılırmış. Sağ elin sola faydası olmazmış... Az önce oltaya takılmış hamsi gibi çırpındığım acılarıma dönüp "Elhamdülillah" çekiyorum, ya hep bu yalanların içinde oyalansaydım, ya hep gerçeği bir boyadan ibaret saysaydım... Kabul ediyorum, hamsi de küçüktü ama sülalesi kalabalıktı, benim de küçük küçük başlayan günahlarım kalabalık acılar getirmişti bana. Gözlerim, gözkapaklarımdan taşmak için zorluyor, beynim karıncalanıyor. Aman Allah'ım! Her bir adımımda, her bir acıyla beni nasıl da korumuşsun, ben Sen'i anmazken Sen beni yine de unutmamışsın. Sahip olduğum yerde ne de huzur doluyor içim, Sana kul olma şerefine sahip iken hangi yabancı eller yetebilirmiş ki bana, bir avuç yalana kanıp düşmüşüm ardına?

"Hayırlısı"nın huzurundayım şimdi.

Herkes hata yapabilirmiş, dönülmeyecek yol yokmuş meğerse. Hayat denilen koca bir yolda benzinim bitmiş, arabamın tekeri patlamış, ayakkabılarım yırtılmış gibi öylece hissettiğim, öylece durduğum yerde olsun diyorum, şimdi benzini de atıyorum bir kenara, tekeri de, ayakkabılarımı da, benim hâlâ ayaklarım var! Var gücümle koşuyorum Sana Allah'ım. Görmek değil, anlamakmış bütün mesele. Ne emrettiysen, varmış bir hikmeti. Kullarını Sana şikâyet etmekten boynum kırık, ancak çok zalimlerdi Allah'ım, çok! Bir zamanlar üzüldüğüm şeylerin şimdi Elhamdülillah hazındayım. Bu basamakta kaderimin beni nasıl koruduğunu anlıyorum. Sana, kendimden vazgeçtiğim bir anda yeni bir ben olabilmenin varlığıyla geleceğim günün hayalinde alıyorum yeni nefesimi. Yabancı bir kolda, yalancı bir dost omzunda vermiş olsaydım son nefesimi, Sen'in huzuruna hangi yüz ile çıkardım? İyi ki beni benden edecek acıları yoluma çıkarmışsın Allah'ım, iyi ki geceler boyu tükettiğim tuz taneleri beni bu yamaca getirmiş ve ben iyi ki Sen'in adını anan bu dağ, taş, ot, toprak ile tanışabilmişim.

"Hayırlısı"nın huzurundayım şimdi.

Kapanmaz sandığım yaralarım vardı, bitti dediğim nefes alışlarım. Hepsi bir İsim ile kapanırmış, hepsi yürekten bir Allah nidasına kaçar saklanırmış. Beni nereye sakladıysan, sobeleyen hiç yok Allah'ım. Ne kadar yamalı olursak olalım, Sen'in Merhametin hepimizi yeniden doğrulturmuş. Omuzumdan inen dünyanın boşluğuyla öyle hafifim ki, kuşlar daha hızlı uçuyor sanki. Bulutlar daha gösterişli dönüyor. Gün batımı daha sıcak şimdi. Bir kez "ben geldim Ya Rab" kapına demek yetermiş, Sen hiç, "kimsin," demezmişsin. Öyle el boşta gelinmezmiş bu huzur kapısına, yük getirilirmiş, bolca gözyaşı, bolca günah, biraz bitmişlik, biraz hırpalanış. Eli boş gelinmezmiş, heybe ağır olurmuş ki bel bükülsün. Bükülsün ki kapıdan çıkarken her şeyi at burada diye. Şimdi durmadan koş, tertemiz ayaklarla koş.

"Hayırlısı"nın huzurundayım şimdi.

Her şey ya bizzat güzelmiş ya netice itibariyle, bunun sarhoşluğunda uçuyorum şimdi. Soğuk olmazsa sıcak hissedilmezmiş, göz görmezse gören gözün kıymeti bilinmezmiş, oruç olmasa nimetler bir şekilden öte gidemezmiş, bu baş Sana eğilmese yalan dünyaya diklenmenin önemi kalmazmış. Acılarımı sahipleniyorum, hatalarımın beni getirdiği bu huzur yolunda. Hüznüm hâlâ var kalbimin solgun yerlerinde, boşa geçirdiğim yıllarıma dair. Ne zaman tökezlesem, ne zaman şu uçurum dibine tekmelensem Sen hep tutmuşsun, şimdi anlıyorum Allah'ım. Haram kollara koşarken ayağıma çarpan taş, en dünyalık sohbetin ortasında aniden boğazıma kaçan su... Hepsi, ama hepsi "seni bırakmıyorum kulum" demenmiş. Ömrüme geç düştü anlayışım belki ama tövbeyle geldim kapına, gözyaşlarımı Sen'in Varlığını görmezden geldiğim gaflet hallerime harcamak için geldim. Gelme hissini verdiysen, çalacak kapı çoktan açıktır. Bu elleri verdiysen, Sana el açmam içindir Ya Rab. Meğer ben denize düşmüşüm de yılan yüzme bilmem diye denize düşen bana sarılmış. Meğer ateş değilmiş yakacak olan, Sen'in "OL" emirlerinmiş her şeyi düzene sokan.

"Hayırlısı"nın huzurundayım şimdi.

Nasip dediğimiz bir boş vermişlik hali değilmiş, nasipmiş Sen'in istediğin, nasipmiş Sen'in bu kader planında payıma düşürdüğün. Sen istersen olurmuş her şey, ancak Sen'in emrinle eğilirmiş bir baş, ancak Sen'in emrinle haramlardan uzak kalınırmış, ancak Sen'in emrinle tesettür işlermiş iliklerime kadar ve ancak Sen'mişsin Allah'ım benim hakkımda en hayırlısını isteyecek olan. Gaflette olsam da, günaha batsam da rızkımı kesmemişsin, bir Sen sevmişsin beni çıkarsız, bir Sen sahip çıkmışsın kulum kulum diye Merhametinle. Affet Allah'ım Seni incittiysem, affet! El kadar bebeğe kilo kilo bal yedirmişim, ben kendimi böyle yakmışım. Affet, bu zarif yaklaşımlarını, kaderime koyduğun bu zarif yaşamın inceliklerini çözemediğim günlerden geçmişim. Affet! Telafi etme niyetlerimde bile Sana muhtacım, tutmazsan ellerimden ben bir bardağı dahi kaldıramam, tutmazsan bu ayaklardan adım dahi atamam. Kalbime mukabil bir kalbi haramlara çarpa çarpa aramam beyhudeymiş, Sen "OL" deyince çıkmaz sokaklar bile ona çıkarmış. Sen'in verdiğin baş ile Sana eğince bu bedenimi, kader planları bir bir işlermiş. İmkânsız diye bir şey yokmuş, çare hep varmış. Kimsesizlik yokmuş Allah'ım, nerede konuşursam konuşayım, nerede susarsam susayım Sen beni duyarmışsın. Gönlüme vereceğin helal bir sevda varmış meğer ve ben yolun sonunu göremeyen gözlerimle yok sanmışım. Ahirette Sen'in izninle yoldaş olacağım bir Peygamber Meclisi var iken ben dost aramışım. Verdiğin binlerce helal nimet varken ben kursağımı nikmetlerle doldurmuşum. Tertemiz huzuruna çöplükten çıkan bir kir gibi olan halimle dahi kabul edildim ya, kovulsam da gitmem Ya Rab, zaten Sen hiç kovmazmışsın. Aşkınla yak beni Allah'ım, öyle bir yanayım ki, ölümümü aşkımın adı eyle, ölümümü Sana kavuşma eyle. Tecellin öyle bir iffete bürüsün ki beni, hiçbir hayalde dahi kirlenmesin kalbim. Hayallerimin hanesinde suyu dahi incitmekten korkarak attığım adımlarım bu kapının anahtarı olsun.

"Hayırlısı"nın huzurundayım şimdi.

Güllerin zikriyle hemhal olmuşken, içimden bir uçurtma kopuyor göklere. Yer ve gök sesimi dinlercesine duruyor bir anlık. Olmazların içindeki olmuş hayırlara gülümsüyorum. Hayatımın arka planında çalan müzik kendini Kur'an'ın seslerine bırakıyor. Sen'in sözlerine bırakıyor Allah'ım. Ruhun gıdasını tadıyorum, tattıkça acıkıyorum, acıktıkça vazgeçmiyorum. Asırlarca karşımda duran aynada ilk defa kendimi görmüşüm gibi bakıyorum kendime. Sadece benim olan bu gözlere, bu ellere, bu bakışlara, bu parmak uçlarına. Sadece bana layık gördüğün ve kimseyi kimseden aşağı tutmadığın bu özelliğe bakıyorum. Sen'in için özelim Allah'ım ve bunu hissedebiliyorum! Aynadan bir yüz taşıyor zihnime, geçmişimden arta kalan bir tutam benden bir yüz taşıyor. Ona dönüp içimde ne varsa döküyorum orta yere:

Biliyorum, her darbede masum kalbini biraz daha gizledin, daha fazla acıtmasınlar diye. Kimseler görmesin diye etrafına hep surlar yapmaya çalıştın. Ve yaraladıklarında seni toplarla biraz daha gömüldün surlarına ve gömüldükçe kalabalıklar içinde yalnız kaldın. Biliyorum... Sevdin ama sevilemedin verdiklerin gibi ve yine gizlenmek kalbine düştü, biraz daha. Aileme gideyim dedin ama onların da yetmedi gönlüne elleri ve dilleri. İçine kapandın biraz daha ve tek duyabildiğin yine yalnızlık oldu, biraz daha. Dostuma gideyim, ondadır belki çözümüm dedin ama heybesinde yoktu senin acıların, saramadı ve kanadı durdu yaraların, biraz daha. Daha kanatmasınlar istedin ve yine surlar ördün kalbinin etrafına, biraz daha. Uzun süreler sonra surların kapılarından bakakaldın çünkü sen bile giremez oldun artık kendine. Artık kendin olamazdın çünkü bir kez daha delinirse surların Konstantin olabilirdi yine gönlündeki İstanbul'un. Evet, gönlün İstanbul'dur ama içinde Fatih'siz ve yalnız. Tek kelime yazdın kalbinin surlarına, yalnızlık! Yalnızlık, bulamadığın o sevgiyi hep başka kapılarda aramak gibidir. Ne yaparsan yap, onu dünyada bulamayacağını bilirsin ama yine de denemekten hiç vazgeçmezsin. Yalnızlığının boşluğunu hep farklı şeylerle doldurmaya çalışırsın. Yalnızlık, aynı havayı soluyup da bir türlü yan yana olamamak gibidir ve aldığın her nefes ciğerini acıtmaya başlar. Bilirim... Eski bir sandalyenin gıcırtısıdır yalnızlık, tek kaldığında Allah'a yakınlaşman için Allah'ın seni herkesten uzaklaştırdığını düşün. Bilirim, herkes bir şeyler söyler ama sen konuşamazsın. E çünkü yalnızsın. Gece ayaz olur, ısınmak için güneşi beklersin. Ama alışmışsın karanlığa bir kere, gelse de alamazsın ki artık yanına şems. Zemheride hayallere sarılıp ısınmaya devam edersin çünkü sen yalnızsın. Bir ay parçası gözyaşın daha yüzündeki surlardan uzaklaşır, biraz daha. Yorgunluğun iliklerine kadar hissedilir artık ve karar verirsin, buraya kadar artık. Gayrı ne bir elçi isterim gönlüme ne de bir fetih isterim başka gönle. Buraya kadarmış. Tek beklentin ölüm olur o da çok soğuk gelir. Ecel daha çok sarar yalnız kalmış ruhunu çünkü bilirsin değil mi, insanı ölümden ancak eceli korur. Tüm kapılar kapanırken hayallere dalarsın. Birden, küçükken nenenin kucağında oynarken, ezberleyesin diye kulağına fısıldadığı o ayet gelir aklına. *"Rabbin seni terk etmedi. Sana darılmadı da!"* Birden sonbaharın yeşermeye başlar. Ay artık uzaklaşır işte güneşe terk eder. Kalbinde kâinatla hep aynı zikirler, "O'nu kaybeden neyi bulmuş ki ve O'nu bulan neyi kaybetmiş ki?" Peygamberin gelir artık aklına, Peygamberi Zişan! Yalnızlık kötü olsa O yaşar mıydı hiç yalnız anlar? Anlarsın, Allah seni her yalnız bıraktığında dikkatini yalnızca O'na vermeni istemiş meğer. Anlarsın, o yüzden almış tüm ağyarı çevrenden. Anlarsın, her an sana bir sevgilinin yolladığı gibi bir mektup yollamış meğer. Kimselere sildirme gözyaşlarını, Ben'i bul, bulutları ağlatayım yerine demiş meğer. Kimselere yanaşma o yaralı kalbinle, Ben'i bul, dolayım her bir zerrene şifa şifa demiş meğer. Kimselere açma emi surlarını, Ben'i bul, göndereyim Fatih'i payitahtının tam orta yerine demiş meğer. Ben'i bul emi, daha gitme ellere kulum demiş meğer. Sana şah damarından daha yakın olduğunu söyleyen Ben varken damarlarında dolaşan bu haram sevdalar niyeymiş meğer? Anlarsın, yanaklarında güneş dolusu süzmeleriyle yalnızlıkta ısrar etmek, yanlışlıkta ısrar etmekten daha iyidir, anlarsın değil mi? Ve son bir söz eder surlarından çıkmış yüreğin, sığınırsın Âlemlerin Rabbine de herkes seni sustu sanır. Anlıyorsun değil mi? Anlıyorsun...

"Hayırlısı"nın huzurundayım şimdi.

Bir selamına talibim, bir tek selamına Ya Rab. Vaadine talibim, yoluna talibim. Gerisi olmasa da olurmuş, Sen varken insan neyi arar ki? Okyanus orada dururken kim bir bardak su peşinde koşar ki? Her şeyin kaynağı Bir'de iken, Sen'in izninle kendime ben diyebilmişken, bu yârı, bu seri neyleyim ben! Ölene kadar ağlamak istiyorum, ölene kadar gözyaşlarımla temizlenmek istiyorum. Dilimden gönlüme indiriyorum Hayırlısı nidalarımı ve Hayırlısı ile Sana tutunuyorum. Hiç gülmesem de olur, başımı bir omuza hiç yaslamasam da olur, bana emanet ettiğin hiçbir şey olmasa da olur, eğer ucunda Sana kavuşmak var ise, eğer ucunda Sen'in selamın var ise, eğer ucunda kulum diyeceksen... Olur, Allah'ım şu hayatta her şey olur, koca bir saray küçücük bir yaprağın da olur, yeter ki Sen iste, yeter ki Sen emrini ver. Başım gözüm üstüne...

Bir hayırlısı dizesinden fırlamış bu yazı, hayırlı deminde sana ulaşmış ise lütfen başını kaldır ve göğe bak. Senin için hayırla bezenmiş bu gök sana tek bir şey fısıldayacak:

Hayır var ise içinde, olan da vardır bir gök diliminde,

Hayır var ise zihninde, olan olmuştur bir kavruk yaz mevsiminde,

Ve sen talip olduysan bir hayır kervanına, o kervanın başı sana aş da olur, dağ da olur, eş de olur,

Niyet ettiğin hayır ise, Rabbindir o yolları sana yoldaş eyleyen de,

Tevekkül edip beklediğinse eğer, dere tepe aşıp gelen de olur,

Olmuştur her olacak olan ve olacaktır kaderine yazılan...

Durmadan koşan mızrak sen ol, çatlayan kısraklardır utanacak olan,

Sen su ol çaya renk veren, sen sus ol hayırlısı vakitlerinde konuşan...

Hayır ile demlene demlene yürüdüğün bu han yolculuğunda hayrolman dileğiyle...

"Hayırlısı" diyorum tek bir sözcükle
geçmişime hükmetmeye,
geleceğimi fethetmeye karar vermişken...